Alberto Moravia

Storie Della Preistoria

在鲸鱼非常非常小的时候

莫拉维亚的动物故事集

[意] 阿尔贝托·莫拉维亚 著
王娟 译

SPM 南方传媒 花城出版社
中国·广州

图书在版编目（CIP）数据

在鲸鱼非常非常小的时候：莫拉维亚的动物故事集 /（意）阿尔贝托·莫拉维亚著；王娟译. -- 广州：花城出版社，2025.8. -- ISBN 978-7-5749-0393-7

Ⅰ. I546.45

中国国家版本馆CIP数据核字第2025GV7743号

© 2017 Giunti Editore S.p.A. / Bompiani, Firenze–Milano
1982 First edition published under Bompiani imprint
2017 First edition published as Giunti Editore S.p.A./Bompiani
www.giunti.it
www.bompiani.it
The Simplified Chinese edition is published in arrangement with Niu Niu Culture

版权登记号：19-2024-303

在鲸鱼非常非常小的时候——莫拉维亚的动物故事集
ZAI JINGYU FEICHANG FEICHANG XIAO DE SHIHOU——MOLAWEIYA DE DONGWU GUSHIJI

[意大利] 阿尔贝托·莫拉维亚/著　王娟/译

出 版 人	张　懿
责任编辑	李　卉　钟毓斐
责任校对	卢凯婷
技术编辑	凌春梅
封面设计	董茹嘉
全书插画	Flaminia Siciliano
出版发行	花城出版社
经　　销	全国新华书店
印　　刷	佛山市浩文彩色印刷有限公司
开　　本	880毫米×1230毫米　32开
印　　张	7.25　1插页
字　　数	160,000字
版　　次	2025年8月第1版　2025年8月第1次印刷
定　　价	58.00元

版权所有·侵权必究。如发现印装质量问题，请与出版社联系。
联系电话：020-37604658　37602954

动物的智慧

安东尼奥·法埃蒂[①]

谨以此文,献给各位有缘的读者:你们即将开始尝到一份美妙的滋味,一组引人入胜又意味深长的故事,它们的原文是用极度纯净、优雅而怡人的意大利语写就的。请诸位调整好心境,以便更好地欣赏即将沉浸其中的那些有滋有味、意蕴丰饶的书页篇章。依我之见,更好的做法是,或许可将思绪带回那些你们亲身经历过的记忆里。你们曾经参观过有动物可以观赏的花园?去过动物园?或是见过马戏团临时搭设的那种有些简陋、动物种类也不多的迷你动物园?

有些读者甚至可能参加过野生动物摄影之旅,另一些读者曾在自然公园里搭乘封闭式吉普车游览。但即便这样,也还不足够:在读这些故事之前,最好是回忆得起其他的一些

---

① 安东尼奥·法埃蒂:Antonio Faeti,1939年出生于意大利博洛尼亚,曾任博洛尼亚大学教授、博洛尼亚美术学院讲师,还是意大利第一位儿童文学教授。他出版了40多本著作,包括散文、小说和儿童读物,并在儿童文学、漫画和插图方面取得了极大成就。

经历,例如游览自然历史博物馆或者动物标本博物馆,或者参观了一个大植物园。这样,当你们拥有了关于那些场所或者图像的记忆时,你们就算是差不多准备好了。让我们再一起重新思考一下。如我们所知,动物园对于我们这些观赏者而言,是充满乐趣的所在;但对于被关在里面的动物来说并不一定惬意。然而,动物园里有一种令人沉浸的独特氛围,置身其中,我们便沉浸其中。我们窥探着动物们,它们也注视着我们,目光时有交错,不多时似乎双方互换了角色。动物园里那只一动不动地望着我们沉思的小猴子,眼神里带着一种难以言说的讶异。真不知道它会如何想我们,当它看到我们挥舞着手臂,和父母以及父母的朋友还有朋友的孩子们一起耍些小脾气;或者当它摇着头,好像明白了我们是在小餐馆里吃了太多奶酪,以至于这会儿脸蛋变得异常通红?在动物园里,我们与动物之间的距离非常接近,被置于直接对比之中。也正因如此,我们更能深切感受到那将我们区分开来的巨大差距。然而,动物们,尤其是书籍、漫画、动画片甚至于电视纪录片中的动物,却不断经历着变形,目的是让它们显得更友好、更亲近、更像我们。在看"米老鼠"的历险记时,有谁会去想那些在下水道里,那些长着尖锐的小爪子,散发着令人作呕的臭味、鼻子像猫头鹰一样的大老鼠呢?——虽说,米老鼠也是一只"老鼠";同样,也没有人会

在观看"坏彼得猫"的滑稽行为时，抱怨起自己家客厅里呼呼大睡的小猫——它是如此软糯滚圆，像是个盖着皮毛的甜甜圈——虽然，众所周知，"坏彼得"也是一只"猫"。实际上，真实的动物与虚拟的文字、影像里或是漫画中的动物其实有很大的不同。

与动物建立良好的关系，恰恰是在我们懂得去欣赏它们的多样性之时、在我们觉察到它们与我们相去甚远之时、在我们不执着于将它们完全拟人化之时。即便是客厅里那只我们自认为非常了解了的小猫，那只常常显得尽在掌握中的小动物（尤其是在它要求我们喂食的时候，那一刻，它就像有个精准的闹钟，严格地把控着投喂时间），对我们来说、对它自身来说，它也终究是一个谜。莫拉维亚便是这一谜团的细致记录者。在他的动物故事中，他正是从这一点出发——一边渴望尊重它们的距离、它们的疏离感的意愿，一边极其贴近地观察它们、用自己敏锐的目光审视它们。

莫拉维亚故事中的"大自然母亲"，并非一位善良慈爱、随时奉献般地提供礼物、美食和奖励的母性角色。当小猪们去找她抗议人类吃掉它们时，上演了一出一堪称典范的场景，值得我们深思：

"当我们胖到一定程度的时候，他们就会把我们的脚绑在一种能拖拽的铁链上。铁链升起时会发出可怕的哐当声，他

们呢，忙着割开我们的喉咙，给我们放血，把我们四分五裂又把我们变成碎块。我不想去谈论这些碎片是如何加工的；我只想说，我们被变成了许多东西，他们似乎把这些东西称为肉肠、火腿、蹄髈、香肠干等等，我们身体的每个部分都被分类利用了。恐怖啊，太恐怖了！而你向我们承诺，你会在梦中创造出世界上最有理性的动物。唉，他们用这样理性来吞掉我们，而且是让我们主动配合着被他们吃掉。哎呀，妈妈啊，你也出卖了我们！"

现在你们会想知道，面对这种发自内心深处的绝望的斥责，大自然母亲有何反应——没有人会相信——她什么也没回答，只是用两根手指夹住小猪，把它轻轻放在地上，然后转过身去，又睡过去了。

莫拉维亚笔下的这位"大自然母亲"不好也不坏。她休息、倾听、微笑，但从不按照我们所期望的方式行事。事实上，大自然母亲本身就是一个未解之谜：如果我们的观察足够敏锐，每每看着自然历史博物馆的陈列柜时，也会觉得仿佛打开了一本悬疑小说。

莫拉维亚于1990年去世，享年83岁。他的一生，始终贯穿着非凡的观察力。从年少起，至暮年后，他去了很多地方旅行，并总能用敏锐的眼光去发现那些对他人来说似乎微不足道的细节。从这一点上看，莫拉维亚一直用一种似乎只属

于儿童的好奇目光看待世界。当他开始写下这些关于动物的故事时，他无疑会想起伊索、费德鲁斯和拉·封丹的寓言，那些寓言故事中出现的动物在被提及后的几个世纪或几千年中变得极其著名。但他并未重复前人的脚步。莫拉维亚笔下的故事不是"动物寓言"，而是"动物童话"，这些故事无意于用说教或是提供引人注意的范例来让我们记住。它们是童话，因为它们吸引我们、让我们沉浸在某种氛围中，仿佛世界还非常年轻，一切都是如此轻快，而处处藏着有趣的、"坏彼得猫"般的描述。是的，这是一个创作的黎明，展示着莫拉维亚所拥有的那股对世界和生活的热爱。因此，我们也会在愉悦中不禁惊讶，莫拉维亚就像是在当下写出了这些故事。在斯皮尔伯格执导的电影《侏罗纪公园》放映前后，我们难以置信地被"恐龙"包围了：文具店、巧克力盒上、T恤上、鞋子上，庞然大物无处不在。而早在斯皮尔伯格以前很久，莫拉维亚就讲了一个非常愉快的关于跳蚤的故事，它通过邀请恐龙比赛去挑衅恐龙。跳蚤能跳到自己身高的百倍，而那巨大的爬行动物则表示准备好超越这个小小的寄生虫：

"由于他的身体太庞大了，几乎只勉强跳了半米，或许只有一英尺（约30.5厘米），就立刻一屁股跌进了淤泥里。沼泽里的水溅得飞上了天空，然后又淅淅沥沥地落到了他的身上。当水面平静下来，大家看到恐龙竟然死在了沼泽中央。他巨大

的屁股像熟透了的西瓜一样，在狠狠撞击沼泽底部时，摔成了两半。"

　　正是这个喜剧性和令人惊讶的结局使我注意到，在莫拉维亚的故事世界中，没有虚假的人工糖精，也不指望准备好小饼干讨好所有人：他笔下的故事里有死亡、有忧郁、有最悲伤的悲伤，像是不知道自己是谁的长颈鹿，或是对于"快乐真谛"了解得过于充分以至于无法快乐的企鹅。还有伤感又动人的爱情，比如老仓鸦对小雌鹳的爱。莫拉维亚并不进行说教，但他经常解释很多事情：例如，他说"我们必须重新认识并欣赏自己的气味"，就像小豺狼与鬣狗姑娘那样（但同时也不要忘记"无望之爱"的美，完全沉浸于另一个不同于自己的气味中，如同小豺狼对长颈鹿那样）。

目 录

小鳄鱼，反嘴鹬与跳舞的鱼儿们 / 1

在鲸鱼非常非常小的时候 / 9

做皇帝不如吃蚂蚁 / 19

冻在空气里的想法 / 29

相信冰山的企鹅先生 / 39

寻找自己的长颈鹿 / 49

爱上一只鹳可真不值得 / 57

美好的婚姻从鼻子开始 / 67

洪灾、世界末日等等 / 73

裤子引起的误会 / 81

妈妈的梦境是怪物们的摇篮 / 89

总是犯困的能干消防员 / 97

顺着扎伊尔的河流 / 115

驱逐亚当和夏娃 / 125

爱的谎言 / 137

会变色的变色龙 / 145

倘若永恒之父现在醒来 / 149

独角兽与犀牛 / 159

恐龙跳起来了 / 167

骆驼的角 / 173

被嫌弃的体重秤 / 181

冰王冠融化了 / 191

自然之母决定改变世界 / 201

女孩与野兽 / 211

小鳄鱼，反嘴鹬与跳舞的鱼儿们

小鳄鱼从小不愁吃喝。妈妈总是用一柄大勺,装满各种美味的鱼儿来喂他:早上一勺作为早餐;中午一勺作为午餐;晚上一勺则当作他的晚饭。而复活节、圣诞节和新年头一天,可不只是三勺吃的,而是有足足的六勺。不过,妈妈常常跟他说:"我的小宝贝,要是哪天我不在了,你可怎么办呐?"小鳄鱼并没有把这句话放在心上。

有一天,妈妈真的不在了。小鳄鱼跟往常一样,在一个孤滩边,一动也不动地张大了他的嘴巴——一勺也没等到。

一天又一天过去了,他再也没等到餐勺。

小鳄鱼开始担心了。他把嘴巴张到最大,绝望地喊道:"妈妈、妈妈、妈妈,你在哪里呀妈妈?"随即,他听到有个低低的声音在他身边说道:"可怜的小宝贝,你难道不知道妈妈只有一个吗?你再也没有妈妈啦!"小鳄鱼转过脸去,只见一只反嘴鹬站立在旁,嘴巴在纸莎草间挑剔地啄着。刚刚就是她在说话。嗯,不一会儿她又说道:"你赶紧找个办法,因为啊我就靠吃你牙缝里剩下来的残渣过活啦!你要是不吃东西,我也没得吃呀!"小鳄鱼问道:"我该怎么做呢?"反嘴鹬回答:"你想想。""我该怎么想呢?""你想想。"

小鳄鱼听从了反嘴鹬的建议:他开始动脑筋了。想了又想,想到了一件他从没想过的事情。

我们都知道小鳄鱼有着一张巨大无比的嘴巴,甚至可以

说，他的脸上几乎全是这张大嘴。嘴里有着许许多多的牙齿和一条可长可长的舌头，这条舌头滑滑的、软软的，就像是铺着层薄地毯的地面。

小鳄鱼对反嘴鹬说："听着，亲爱的，你去告诉我们这一片所有的鱼儿们，我决定开放一个跳舞的地方——一个舞场。地点就是：我的嘴巴里。乐队将会安排在我的舌尖上。好了，快点儿，你去通知鱼儿们，今晚我们会举办一场盛大的宴会，而女士们还将获得珍贵的赠礼。"

反嘴鹬不等小鳄鱼说第二遍，便飞到河上——对，就是尼罗河——开始了她精彩的宣传。她使尽全身力气一遍遍地喊着："今晚的欢舞之夜就在小鳄鱼的嘴巴里！免费入场。畅跳至午夜！"

那些鱼儿们，似乎总是无聊又可怜地在深深的河底生活。他们除了在水草间转悠、相互做做鬼脸之外，终日无所事事。因此，他们决定群鱼共赴小鳄鱼的那个挂着"黄金鱼时代"招牌的新开舞场。

夜晚来临了。带着吉他、架子鼓和萨克斯风的五蛙乐队卖力地演奏着，在鳄鱼的舌尖努力保持着平衡。鱼儿们从水中成列游出，他们的眼前出现了一条非常非常长的大厅，大厅里喜庆地装饰着大红纸灯笼。在大厅最深处拉着一条布做的横幅，上面写着"欢度时光"！鱼儿们坐到小鳄鱼的牙齿

在鲸鱼非常非常小的时候——莫拉维亚的动物故事集

上,叫来爽口的饮料,就开始跳起舞来。你们从没看过鱼儿们跳舞吗?哦,那你们干脆在小脑袋瓜里幻想一下看到上百条鱼一起跳舞会怎样吧!

与此同时,小鳄鱼一动也不动地张着他的大嘴巴,半闭着眼睛。等待着。

一曲接着一曲跳啊跳,小鳄鱼等啊等。他决定在午夜时分宣布"女士们先生们,关门啦"!与此同时真的就关上他大大的嘴巴,这样就能痛快地吃上一顿美味、新鲜甚至活蹦乱跳的鱼儿们。

而此刻,在鱼群中恰巧有一只聪明又聪明的鲟鱼。

在一曲终了,另一曲还没开始之前,鲟鱼在舞池里四处徘徊着,他发现在小鳄鱼的嘴巴上面那一处弓弯着像是穹顶的地方,有大滴大滴的液体像下雨一样地落下来。这些液体似乎都是主动地聚集到一起,一汇集就立刻滴了下来。事实上,小鳄鱼预想着把所有那些极品鱼儿们一口吞掉的那一瞬间,馋得直流口水。

鲟鱼带着忧虑找到了反嘴鹬,跟她说起了自己的发现:那些滴落的液体是什么呢?反嘴鹬是那种没有办法守住秘密的人——即便代价是损害到她自己。她试着去解释:"你知道的,我们是在河里,这儿非常潮湿。"但鲟鱼立刻说道:"反嘴鹬,你的两条腿已经那么长了,如果再说谎话让腿变长的话,

可就要踩着高高的高跷走路啦！"于是管不住自己、恨不得把每件事都宣扬出去的反嘴鹬，说出了真相。鲟鱼明白了他再没有时间可以浪费，于是他跳进了河里，用嘴巴衔来一块巨大的圆形石头，并把石头安置在了小鳄鱼嘴巴最深处的一组上下牙之间。这块圆形的石头就像一颗待压碎的核桃。如此这般，他便心满意足地去邀请了某条他追求了很久的鲤鱼，共跳了一曲桑巴舞。

午夜时分，小鳄鱼睁大了双眼，用粗大而低沉的声音喊道："女士们先生们，关门啦！"与此同时准备关上嘴巴，好吃掉这二三十公斤、仍在他的舌头上享受好时光的鱼儿们。可是——咔！他的两颗牙被鲟鱼的石头卡住了，并且他没法把它碾碎掉——嘴巴只能保持着张开的状态了。小鳄鱼尝到了一阵剧烈的、如刀割的、难以忍受的疼痛。

这时候，听到宣布关门示令的鱼儿们都纷纷溜走了。有的鱼儿还在抱怨："什么礼貌呀！我们正玩得开心呢！"

自然，第二天早上，鲟鱼跟鱼儿们讲述了事情的前因后果，从那之后，鱼儿们都自觉地不再回到小鳄鱼舞池了。

从此以后，小鳄鱼都时不时需要非常努力地在尼罗河转悠找吃的。只是他能找到的食物少之又少。因为鱼儿们见了他都躲得远远的了。只有那些非常懒惰没有及时移开的鳗鱼才会让小鳄鱼像吃意大利面一样地吸着吃掉。

剩余的时间里，小鳄鱼就躺在泥沙中，幻想着落空的午餐，流下苦涩的泪水。对，鳄鱼的眼泪。

反嘴鹬依旧陪伴在小鳄鱼身边，偶尔问问他："怎么啦？你干吗哭啊？"

小鳄鱼回答："我哭是因为原本我就指望着吃那些鱼儿们了。不过，我真想知道是谁告密的呢！"

反嘴鹬假装无辜地回答道："没有人告密。那块石头是你在等待饱餐一顿时，自己放在嘴里想吸一吸的。然后你把它给忘了。"

在鲸鱼非常非常小的时候

在很久很久以前，有一条小鲸鱼孤孤单单地在一片很小很小的小湖里生活，小湖坐落在森林的尽头。小鲸鱼当时就跟一条普通的水蛭差不多大。他十足是个鱼类中的小淘气鬼，活泼、敏捷、顽皮而不知疲倦，只是他有个最大的担忧，就是他太渺小了。的确，常常能听到他在叹息："谁谁都比我大。这么小真是丢人啊！"

在湖边有一棵大树，树上有个鸟巢，巢里有只鹳鸟一直监视着小湖。一条鱼儿刚刚从水面探出头来透一口气，鹳鸟就像火箭般扑上去，用它长长的喙叼住这条鱼儿，不一会儿就把它给吃掉了。

有一天，小鲸鱼出现在水面上，他想抓住一只蜻蜓——蜻蜓正在追赶着某只苍蝇，而那只苍蝇正试图抓住一只蚊子。

鹳鸟闪电般俯冲下来衔住小鲸鱼，把他带到了窝里，准备舒舒服服地吃掉他。到了窝里，鹳鸟说："我马上就要吃掉你啦！现在你告诉我你是谁、叫什么名字、是做什么的。吃掉那些不知底细的东西可没什么意思！"

小鲸鱼绝望又歇斯底里地回答："我叫小鲸鱼；擅长做的事是挨饿到死；我是谁？我是世界上最悲惨的鱼。"

鹳鸟问道："为什么你是世界上最悲惨的鱼？"

小鲸鱼说："因为我从出生到长大都在这个卑微的小湖、这个小水坑里。我受限于这小小的身躯，从没见过大世面。

在鲸鱼非常非常小的时候

现在就要给你吃了,一命呜呼。还有谁比我更不幸呢?"

鹳鸟被小鲸鱼真切的苦痛打动了。他说:"那么要是我让你活着,你想做什么?"

小鲸鱼说:"我会不惜一切代价去变大。"

"多大呢,你现在的两倍?"

"更多、更多。超过十万倍!"

"为什么呢?"

"因为我就是想长大。"

听到这个答案,鹳鸟困惑地挠了挠头,然后说道:"我猜,你这么小是因为你是在这个小湖里出生长大的。小湖养小鱼。在我的旅行中,我曾见到过一个无边无垠的大湖泊,他们都叫它'海'。对哦,要是你能到这个叫作'海'的湖里,那你放心,你就能变大,变很大,变得奇大无比。没错,因为,那个叫作'海'的湖是真的很大。"

"'海'有多大?有我们的湖两倍大?"

"两倍?开什么玩笑!十万倍!"

然后小鲸鱼说:"来吧,现在把我给吃了。反正我永远没机会看到那个叫'海'的湖。干干脆脆吃掉我,咱们就到此结束吧。"

但鹳鸟回答说:"不,你是如此特别的一条鱼,我放弃吃你啦。我要来满足你:现在我用我的嘴巴衔住你,带你飞到

那个叫'海'的大湖里。"

小鲸鱼说:"不行,用嘴巴不行。搞不好你在飞的时候突然胃口大开,然后飞着飞着就把我吃了。不,我来走路,而你就在天上,飞在我头上,给我指路吧。"

这段话由一条鱼说出来非常奇怪,想要理解他,你需要知道——所有的鱼曾经都是有脚的,小鲸鱼也不例外。他腰部有两只形状像鸭子的黑色脚蹼,一边一个。在小鲸鱼没什么事情可做的时候,就会用这双脚在陆地上行走。

说到做到,这个组合就出发了。敏捷、快速、不辞劳苦,小鲸鱼走过树林、草地、田野、沟壑和山谷;鹳鸟在空中跟着小鲸鱼调整着他的飞行步调,给他指引道路。他们走啊走、飞啊飞,走啊走、飞啊飞。终于,鹳鸟和小鲸鱼到达了一个绿色的海角,海角延伸到一处无边无际的蓝色水域:海洋。

阳光照耀在平静而明媚的海面上,下面调皮地闪耀着成千上万的小海浪。至此,鹳鸟歇到一棵树上,说:"我们到啦。这就是那个叫作'海'的大湖。跳进去吧!祝你好运!我每一千年会飞过这个海角两次。如果你有什么话要跟我说,就到这个地方来,就在海里,我会立刻认出你,然后我们来谈谈。"

小鲸鱼说:"你怎么认得出我来,我这么小。"

鹳鸟说:"别害怕,我一定会看到你,因为你会变得大到

在鲸鱼非常非常小的时候

即使从很远的地方也能看到。反正无论如何,你记住,你还有两只脚——当你不再喜欢大海的那一天,你所要做的就是上岸步行走回家,我是说,走回到我们的湖那儿去。"

小鲸鱼傲气地回答:"谁会要再回到那个可怜的水坑里去呀!"

行吧,鹳鸟飞走了,小鲸鱼跃入海里,终于给自己找到这么一个宽阔的环境啦!他感到极度的满足,觉得自己已经长大一倍了。他快乐而幸福地畅游——大海真的是无边无垠!小鲸鱼游啊游,越长越大。总之,仅仅过了一百万年,小鲸鱼就变成了一条庞大无比的巨型鱼。他像是有一百吨那么重,长度至少有一百米,一次能吃掉一吨小鱼。

接下来的两三亿年都过得非常顺利。再然后,可想而知,这个叫"海"的湖开始显现出它的弊端。最主要的问题实在讽刺,那就是食物来得太简单、太丰富,好不费工夫。小鲸鱼在家乡的湖里时,为了一直努力让自己吃饱,得整日寻找可以入口的食物。而在这里,他只需要漂浮在水面上,随着海浪荡过来漂过去,如海洞般的大嘴巴一张开,成百上千万的鱼就涌进去,主动地滑进他肚子里。

在缺乏生存激励的情况下,小鲸鱼不再活动啦,他任由海浪把他带到东再带到西。吃得太多就会难以消化,这让他常常处于麻木而困倦的状态。他变得又肥又胖,脂肪覆盖了

他的全身，堆积最严重的就是他的头啦！头脑里就像灌进了满满的猪油！这种肥厚的脂肪填满了他的大脑，小鲸鱼开始时不时地感到头痛；他吃了睡、睡醒了就吃，日子过得昏昏沉沉。

最后，小鲸鱼被自己吓坏了，他召集了四位名医给他会诊，他们是：鳗鱼医生、龙虾医生、星鲨医生和海龟医生。

经过彻彻底底的检查，医生们做出如下诊断："小鲸鱼这是得了肥胖症，需要给他最强劲的减肥治疗。因此，我们建议小鲸鱼尽可能地吃更多的东西。"有些人会想知道医生们说的为什么如此自相矛盾。唉！谁知道，事实反正就是这样的。

小鲸鱼最终还是后悔了，他开始想念他出生和长大的那个小湖，充满活力、活跃又闪闪发亮。真是身在福中不知福啊！小鲸鱼心想："现在我要去那个海角，在那儿等到鹳鸟过来，然后像从前那样，用我的两只脚往回走，走到我亲爱的小湖边。小小的湖，小小的鱼。我真的迫不及待想把这些油腻全部都抛开。"

小鲸鱼一直游到海角，他守望着，等着鹳鸟。他没等太久，差不多也就五个世纪吧。嗨呀！突然之间，天空中出现了一个黑点。黑点越来越大，开始显现出有着长喙长腿的鸟的形状。来者正是鹳鸟。小鲸鱼巨大的背部浮在水面上，像一座新式的岛屿似的。鹳鸟一见到他，便弯下腰喊道：

在鲸鱼非常非常小的时候

"嗨，鲸儿，有什么事吗？"

小鲸鱼回答说："我的问题是，我不喜欢大海，甚至也不喜欢变大，所以我想回到小湖里，重新变得像普通小水蛭那么小。"

鹳鸟回答说："这可一点儿难度都没有！你到陆地上来，用你两只聪明的脚蹼走在我身后，让我像上次一样为你指路。宁可在小湖里小巧灵敏，也不要在大海中硕大蠢笨。"

小鲸鱼开心无比，他游到了一个小沙滩边，一条小路从那里分出，小鲸鱼开始浮出水面。天啦！小鲸鱼极度绝望地发现自己已经没有脚了。或者更确切地说，两只脚还在那儿，但脂肪将它们重重包裹起来，都看不到它们了。绝望的小鲸鱼喊道："天啊，我没有脚啦！鹳鸟，我最亲爱的鹳鸟，快帮我一个忙，把我衔在你嘴里，带我去湖边吧。这样的话，我会感激你一辈子。"

鹳鸟笑了起来，说道："小鲸鱼，亲爱的小鲸鱼，看来啊，脂肪到了你的脑袋真是所言非虚，你现在都没有对现实的认知了。你怎么会想要我把你这样的庞然大物放到我的嘴巴里呢，你就像是一百吨肥肉呀！"

就这样，鹳鸟飞走了，而小鲸鱼仍旧留在海里，在海浪中随着波浪漂过来、荡过去，然后不情不愿地，一张口就能吃到数以百万计的鱼儿。他时不时地向空中射出一股水流，

这是他在哭泣时擤鼻涕呢。是的，他哭哭吃吃，吃吃哭哭，怀念着"小"时候的快乐时光。

这就是为什么今天的鲸鱼偶尔会在海滩上搁浅，让自己死在干燥的沙滩上。他们渴望从前的渺小，他们试图摆脱脂肪，但他们做不到，只能在绝望中死去。然后渔民来了，切开鲸鱼想要获取脂肪，发现那两只脚时，便会问道："这鲸鱼长着脚做什么用呢？"他们不知道，这双脚本该被鲸鱼用来回到湖里，让它自己重新变得灵活又聪明。

做皇帝不如吃蚂蚁

十亿年前,有只孤独而傲慢的食蚁兽,他慢慢地走过巴西森林,像往常一样寻找蚂蚁窝,想要解决自己的早餐,蚂蚁窝里的千百只蚂蚁,就像我们杯子里的拿铁咖啡。突然,某一瞬间,他听到有人喊道:"嘿,蚁兽,蚁兽。"

食蚁兽低下头,看到一只停在草叶上,挥动着前腿的蚂蚁。食蚁兽粗鲁地嘟囔道:"首先,我的名字是食蚁兽,其次我曾被授予过蚁族伯爵、蚁丘王子、蚁群男爵的称号。所以,最最少,也请叫我阁下大人。"

蚂蚁立刻叫道:"食蚁兽阁下大人,我们齐聚一堂,决定拥您为王。"

"什么王?"

"蚂蚁的国王。"

"国王,仅仅是国王吗?"

"那我们称呼您为:皇上。"

"皇上,就只是皇上?"

蚂蚁挠了挠头,最后说道:"那这样吧,我们称您为超级皇帝。可以吗?"

现在,我们要理解这份拥戴,就必须要知道,食蚁兽是蚂蚁们的头号敌人。他的舌头特别长,长到平日里不得不在嘴巴里卷着,就像裁缝的卷尺一样。只要疾如闪电般这么一舔,就能将数百万只蚂蚁卷入口中。绝望的蚂蚁们,经过一

次又一次的讨论,才有了这个美好的想法:"让我们请食蚁兽来做蚂蚁之王吧!这样他就不会再要吃我们了。看看吧,事实正是如此,你们在哪里见过吃自己臣民的国王?"

正如你们一直了解的那样,食蚁兽非常非常虚荣。他一听自己要做超级皇帝了,就开始动摇啦。然而,他还是反对:"好吧,我会来当你们的超级皇帝。我猜想,作为交换,我就不能再吃你们了。那么我靠什么生活呢?我还能吃些什么?"

蚂蚁安慰他道:"我们每天都会为你准备妥当,由我们给您找一堆浆果、草根、嫩芽跟块茎之类的食物,堆成个小山丘。等着瞧你会尝到什么好吃的吧。"

"但是这样,"食蚁兽不满地说,"你们可就要把我变成个吃素的皇帝了。"

"知道吗?这对你可是大有好处的。最重要的是,你的身体会变得更轻松。现在你总是便秘。现在的你呀一到排泄的时候,惨叫得整个森林都听得见。"

食蚁兽装作没听见,回答道:"嗯,好吧;我愿意接受。但是你们要记得:准时给我进贡浆果和草根。"

"不用怀疑,你要相信我们。"

"你们什么时候为我举行超级皇帝的加冕仪式呢?"

"尽我们的最快速度,请等我们准备好必需品。"

做皇帝不如吃蚂蚁

在鲸鱼非常非常小的时候——莫拉维亚的动物故事集

若不是,之后的某一天……那一天,吃撑了浆果和草根的食蚁兽在自己的巢穴里打着瞌睡,正巧一阵刺耳的笑声传到耳边。那是一种奇怪的笑声,让食蚁兽觉得好像有人在嘲笑他。他转过身去——在他巢穴旁的空地上,没有任何活物。自食蚁兽被任命为超级帝王后,蚂蚁们只有在草丛中来来往往,他们确信自己安全了。食蚁兽问:"谁在笑我?"

一个尖酸的小声音回答道:"我。"

"我?哪个我?"

"你的小表弟,蚁狮。"

食蚁兽做了一个不耐烦的动作。他很清楚蚁狮是谁:一只只会躲在沙墙洞底的小虫子。就像掉进洞中的蚂蚁一样,蚁狮也曾是被捉住吃掉的对象之一。食蚁兽一直瞧不起蚁狮:凭借他所有的技巧和耐心,一天只能吃到差不多一打蚂蚁;而对于蚁狮,他用舌头舔一下就能吞下千百个。他恼怒地说:"首先,我们可根本就不是表亲。其次,你笑什么笑?"

对方回答说:"我是笑你放弃了世界上最好的东西,换来一个愚蠢的头衔。你知道有首歌怎么唱的吗?"

"不,我不想知道。"

"听着:

一只蚂蚁真漂亮,

又肥又美又营养,

做皇帝不如吃蚂蚁

值得让人去丢弃，

无数皇帝的桂冠。"

食蚁兽生气了，咆哮道："谁教你的？"

"你自己想想蚂蚁的好吧！"蚁狮回答道，"你还能想得起来吗？烧烤的，煎煮的，把它们放进铸铁锅里，撒上辛辣的调料，或者直接蘸着油和柠檬汁儿生吃——你还能记得起来吗？"

食蚁兽被完全激怒了，向洞里伸出舌头想要把蚁狮给舔走。但他却晚了一步，那个狡猾的小虫子钻进深深的地底去了；食蚁兽收回的舌头上只有一大堆沙土。

到了加冕的日子，食蚁兽坐在宝座上，蚂蚁们为他准备了一个掏空了的树当座椅，椅子上面还铺了层苔藓。首先，司仪向前一步跟他说道："陛下，庄严的蚂蚁介绍会现在开始。首先介绍的是大臣们，众所周知，他们是继超级皇帝之后最重要的公民！"司仪退到一旁，各位大臣来到宝座下鞠躬。食蚁兽对他们的数量甚感惊奇：总共三十个。什么大臣都有：交通部长（蚂蚁除了搬运东西什么都不做）；房间和走廊部长（蚁丘里到处都是房间和走廊）；省钱部长（众所周知，蚂蚁非常节省）；补给部长（在蚁丘里有大量的供给需求）；战争部长（蚂蚁非常好战）……你们可以想象一下，甚至还有蚂蚁关系部长，这是个从前没有、专为当下而增设的职位。食

蚁兽看着他们，心想："要这么多大臣有什么用？我唯一需要的只有补给部长。其他所有那些大臣我不知道怎么处理，那么我就把他们吃掉吧！"想到这里，食蚁兽以迅雷不及掩耳之势伸出了舌头，轻轻一舔就把所有的大臣席卷一空，只留下了一个，嗯，对于蚂蚁来说，只需要做一件事。嗯，真美味啊！他弹了弹舌头道："其他人来吧！"

司仪亲眼看到整个大臣队伍消失在食蚁兽的嘴里。但他是司仪，必须完成他的工作。于是他说："陛下您瞧，这是您的贴身侍卫。"

鼓声大作，大约有百来个精锐士兵向前迈了一步。食蚁兽想："我需要保镖做什么，我自己就能保护自己免受伤害。我顶多需要个鼓手，让他用他的鼓宣布我的到来就足够了。所有其他的，就让我吃上一大口吧。"说到做到，他舒展开了舌头，舔了两下，就把整个侍卫部队给带走了。司仪开始心烦意乱，他试着咳嗽一声，想让超级皇帝明白，这样下去是不行的。白费力气！食蚁兽舔了舔他的小胡子，开始不羁狂野地哼着：

"来噢！来噢！来噢！

让我把你们全都吃掉！"

司仪用仅存的一丝声音再次宣布："陛下，这是战无不胜的无敌英勇大军！"确实，从林间空地的底部，蚂蚁大军顶着

做皇帝不如吃蚂蚁

旗帜，列队前来。这是所有部队：坦克、步兵、大炮、空军、海军，等等。食蚁兽用深不见底的声音唱道：

"我是和平主义者，

我最讨厌战争啦。

让我们的土地上，

没有一支军队呀。"

一结束这段话，食蚁兽就用灵巧的舌头三两下卷走了整个军队。只有某只小蚂蚁留住了小命，这个无名小卒答应了食蚁兽，以他的生命为交换，每天早上用刺刀好好地给食蚁兽刮刮脚底。司仪这下才想到要警告蚂蚁人民，如果他们不想落入食蚁兽的口中，就必须快快逃跑。唉，可惜太迟了！迫不及待想亲眼见到自己的皇上、想为他鼓掌的蚁民们全都从蚁丘里出来了，他们爬满了整个林间空地。食蚁兽正等待着这一刻。他从宝座上下来，舌头向四面八方探去。终于，他心满意足地回到宝座上，向司仪命令道："来根牙签儿！"

司仪彻底绝望了，匆忙给他拿来了牙签。食蚁兽从牙缝里剔出两三只卡住了的蚂蚁，伸了伸懒腰说："我想，加冕典礼进行得非常顺利。"

司仪悲恸地说道："哎呀！是的，陛下。但是有一个小小的不方便。"

"什么不方便？"

在鲸鱼非常非常小的时候——莫拉维亚的动物故事集

"现在没有其他人了。您是一位只剩下司仪、鼓手、补给部长和一只无名小兵蚁的超级皇帝。"

"所以呢?"

"所以,要是没有人民和政府辅佐您来治理他们,您又怎么当超级皇帝呢?"

食蚁兽喊叫道:"啊,说得没错!那么我也吃掉你和你的同伴,就让我变回从前的样子吧。"说到做到,他的舌头朝司仪和其他三只蚂蚁的方向伸去,就像俗话说的那样,和狗舔得一样干净。

从那以后,食蚁兽成群结队地来到巴西的森林中,当他们看到蚁丘时,总是会走近低声问道:"话说,你们需要一个皇帝吗?或者一个国王?还是需要个共和国总统?"蚂蚁们太清楚这个提议背后隐藏着什么了,他们会立即回答:"滚蛋。"食蚁兽们仍旧试图用舌头捕捉那些在蚁丘外草丛中徘徊的蚂蚁们,或多或少。就像俗话说的那样:

今天吃到一只蚂蚁,

强过期待明天吃到一群。

但期待明天的那一群,

还是强过眼前的浆果和根茎。

做皇帝不如吃蚂蚁

冻在空气里的想法

你们知道嘛，一百万年以前，极地比现在冷太多太多了。气温不知为什么下降到零下十亿多度。这么冷，冷到一切都冻僵了，甚至，你都不敢相信会有这样的事：就连想法啊，也都被冻住了。当脑中一想到，比如说："这冰冷的鬼天气！"随即，喏，在这个思考者的头顶上，就会出现一团蒸汽云，云朵里凝结着一行冰字。想象一下这钟乳石一样光洁欲滴的字勾勒着："这冰冷的鬼天气！"

在极地啊，冻住了的想法随时都能被别人看见，因此没有人敢去正儿八经地想事情。大家都怕被其他人读到自己的想法。如此，北极熊、企鹅、海豹、犬类以及因纽特人，每天什么都不想了。这简直就是个呆若木鸡的世界。但他们如此之呆完全不是因为没有思考的能力——不思考，是一种美德，一种对灵魂的体谅。

到了其中某一个世纪（我们就把一个世纪当作一天吧），一头海象站在一块冰上，一动不动地眯着眼睛享受着冷意，脑中一片空白，除了这个字："叭！"随即，一个冰冻了的字便从他脑袋上方显示出来："叭！"这个"叭！"什么意思呢？我们还真不知道。

这时，在无尽大海之外有一只自在逍遥的海鳗，对海象说："嗨！海象！我有句话要跟你说！"

"说吧，海鳗。"海象说道。

"我想跟你讲一个我近期旅行的收获。我去了一个叫作热带的地方,那个地方有你无法想象的热!想象不到的热!而且,你能想象吗?在热带,想法不会被冻住。"

"我可不相信!"

"千真万确!比如说,有个人看着你,心里想着,海象的屁股可真大啊!你要是在那个地方,是不会知道别人脑中这个想法的,因为可怖的热不会冻结想法,所有的想法都看不见啦!"

"谁说了我有个大屁股?"海象不悦道。

"我就是随便举个例子。你听着:为什么我们不离开这个一有想法、马上就会被别人知道的极地呢?为什么我们不去热带国家呢?——如果你也希望能毫无忌惮、没有束缚地想你所想的话。在热带,我可是藏了满满一肚子的想法。"

"你都想了些什么呢?"

"哦,太多,太多内容了。"

"比如呢?"

"嗯,我不知道。比如说,太阳是绿的。或者,二加二等于五。"

"但太阳哪里是绿的?二加二不是等于四吗?"

"没错,我知道啊。但是那种状态太美了:你可以随心所欲地去想,因为你的想法不会让人知道。"

冻在空气里的想法

海鳗说着,让海象自己决定要不要跟他一起去热带。可能海象做一个决定并不会如此之快,要不是正巧在此时,一艘小船带着三个穿着兽皮、武装着棍子的人驶来。在那时,极地里,大家都抬着头看着空中,张望着有什么想法产生又被冻在这个空间里。海象看着手持棍棒的三个人脑袋上方,恐惧地默念着:"现在我们来把这里成百上千的蠢兽们杀掉,用乱棍打死他们后,能做好多的皮包跟好多的鞋子。"看着这个句子在空气中松动、滴落又从冰块上滑下,海象只做了一件事:让海鳗在前面带路,他跟在后面用脚划、用鳍扑。游啊游,游啊游,从气温零下十亿多摄氏度的地方游到了零上十亿多摄氏度的地方。天呐!可真热呀!海水就像在锅里煮沸一样,只是火焰不像是在锅底下而是在锅上面烧着。海象依旧什么也没想,早已习惯了百万年都没有想法,他的大脑还在休眠状态;海鳗打断,但每次,即便是还在游着的时候,海象都会时不时问海鳗:"海鳗呀,亲爱的海鳗,你在想着什么吗?"

"当然了!"

"你在想什么呢?"

"我在想好多有关你的事情。"

"比如说呢?"

"哈,我不会跟你说的,不然会冒犯到你。"

海象心里很不舒服。如我们先前所说,在极地的时候,没有人去想别人什么。而现在,就因为海象看不见海鳗的想法,海鳗就在想那些关于海象的事,谁知道他的想法会有多不礼貌。八卦的、大惊小怪的、愚蠢的生物!海象想了很多,把海鳗想得很坏——他确信,海鳗的脑袋里,会比他想的更坏上几倍。同样的,在热带国度里,大伙儿也都因此相互较劲儿。大家都对海象说着好听的话:"欢迎你!你真好看啊!你真机智!你的眼里饱含深情!多美的胡髭啊!……"但海象相信,他确信如果是在极地,被冻成字句的话会是:"现在我们要跟他在一起了!丑陋无比!什么头脑!猪一样的眼睛!看这垂下来的胡髭!……"这种确信让在热带的大伙儿都觉得别人说的话跟实际的想法是相反的。这让海象终日难安。

有一天,在几内亚海湾的中间地带,太阳炙烤着十亿多度的海面。有个深色皮肤的非洲人带着他的妻子和孩子们坐在一艘船上,唱着一首关于海鳗的歌儿,歌曲的内容让正在偷听着的海鳗张大了嘴巴:

"海鳗啊海鳗,

你多美丽;

如此的肥美

又纤细

海鳗啊海鳗

冻在空气里的想法

在鲸鱼非常非常小的时候——莫拉维亚的动物故事集

你多美丽!"

海鳗被赞美的话语夸得心花怒放,他显然忘记了在热带国度里言语跟想法是不一致的,离小船越来越近。只见非洲人迅速地抛出渔网,可怜的海鳗立刻就被逮住了,他被切成块,裹上面包屑,油炸吃掉了。海象惊恐地看着这场灾难。他一边躲远一边想:"真是可怕啊!在极地里我们的那一面多好!从不去思考任何事情,一旦思考,每个人都能看到我们的想法。"

总而言之,也许是对新地点、新习俗的新鲜感,也许是因为惰性,海象没有回到极地去。此外,为什么不承认呢,别人看不见你的想法,你说的和你做的可以完全相反,这种事情还真是让人着迷啊!海象于是留在了热带,同时改变着自己的习惯。当然,这里跟极地相比少了真诚和透明,但是作为补偿,能为自己作想而不被外界控制,的确带来了不可想象的发展。就比如说,海象想了又想,他的想法比从前提升了很多。他就像是个哲学家。他想着:"我们是谁?我们来自何方?我们的命运是什么?我们为何而存在?我们终将去何处?"

简而言之,海象问了自己许许多多的问题,活着不是为了吃饭,但是不吃饭就没法儿活着。他得出的答案是:我们都是海象;我们来自极地;我们的命运是吃鱼;我们在

冻在空气里的想法

这里是因为有个至高无上的存在创造了我们,不用说,它的样子就是一个巨大的海象;最终,我们将离开这个如此虚假、充满谎言的热带国度,回归那个忠诚和真实的地方,即"极地"。

这实际上便是海象的热带国度之旅的尾声。在一个晴好的天气,海象厌倦了想着一件事,说出来又是另一件事,于是他重新启程向极地出发。"是的,"他想,"不去多想,是件多么放松的事呀!就在那儿一动不动地放空,什么都不想,起码这样过个一百万年!"

唉!想得美呀!当海象终于回到了极地,回到他熟悉的冰块上,他突然意识到,自己现在已经养成动头脑的习惯了——无论多么努力地不去想,他都忍不住去思考。当然,他所有的念头都同步显示到他的头顶上,冰字晶莹剔透。熊、企鹅、海豹、大鱼和小鱼们看到了这些冰冻住的想法,都争相逃离他。是的,因为在极地,思考被认为是一种极为不恰当的行为,就像我们光着身子走在大街上一样。

可怜的海象眼睁睁地看着昔日的朋友们躲避着自己,脑中又不得不往坏处想。这些坏念头一冒出来立即冻结成云,云朵里充斥着凝固的侮辱和漫骂。由此,海象与极地居民们之间的嫌隙越来越大,大到无法逾越。就这样,海象独自在他的浮冰上,习惯着他的孤独,谁都不再去理会。他在自己的浮冰上思考着。想什么呢?想他从前因为一有想法就会被别人看见,所以宁可脑袋空空、一无所想的日子。那真是天寒地冻中,无忧无虑的美好时光啊!

相信冰山的企鹅先生

大约五十亿年前，有这么一位企鹅先生，他是个地理老师。这天，企鹅先生站在一块浮冰上，等待他的学生们如往常一样来上课。差五分钟就要上课了，却连一个学生的影子还都没见着。不过企鹅先生并不太担心：你懂的，在极地这么冷的天气里，这些孩子们，真的不想从家里出来。

企鹅先生是家里的好爸爸。他与妻子企鹅太太一共有三十六个孩子，每个孩子都名叫"小企鹅"，每个小企鹅都有一个数字作为区分：小企鹅一号，小企鹅二号，小企鹅三号直到小企鹅三十六号。企鹅先生住在一座冰岛上，自古以来，那些冰岛就处在峡湾的中间，通常是那种雪山包围的狭长入海口——企鹅先生所在的冰岛就在这样一个峡湾的深处。

在岛上，企鹅先生用冰块为自己和家人建造了一间房子，还建了一所学校和一座圆形的小厕所。学生们来自环绕峡湾的雪山各处。他们大多是企鹅、海豹、北极熊、海象家的孩子，也有一些长须鲸和抹香鲸的子女。这所学校非常出名，企鹅先生因为优秀的教育方式享有美誉。

上课时间是九点钟。九点，九点五分，九点十分，九点一刻，没有一个学生出现。企鹅先生紧张起来，开始越来越频繁地注视峡湾荒凉的水域，这会儿时钟上已经是九点二十分了。发生什么事了呢？企鹅先生真的不明白为什么他的学生——那些勤勉、聪慧、好学的孩子们为什么迟到了。

随后，当他朝四周看去的时候，恍然大悟：昨天夜里，他所居住的冰岛移动了！他的岛本来一直在峡湾内部，这会儿竟然漂到了入口处。可不！在两座白雪覆盖的山脉之间，从这个大海的入口处，现在能看得到最远的海平面。这就是学生都没来的原因：他们从家里出门来上课，却没法再找到学校所在的那个小岛屿。

企鹅先生看向群山，又望向深海。这是他第一次见到海，因为尽管企鹅先生是地理老师，但他从未离开过他的峡湾。此时的大海给他留下了深刻的印象：无边无垠，近乎黑色的深蓝，平静光滑得像一块玻璃，上面散落着一个个冰岛，它们都与他所在小岛看上去差不多。看着这些岛屿，企鹅先生的心里感到踏实了。看来，他的小岛只是在夜里稍稍移动一些。现在他想要告诉学生们，一切都会回归原处，变得跟从前一样。

企鹅先生受到了自己的鼓舞，准备回屋了。他有很多事情要做。其中有一项是，他正在写一本关于冰的科学书籍，他在书里讲述了冰是一种建筑材料，如同石头和铁一样，可以长久使用不损耗并且几乎是永恒的。这时，突然冒出一个声音，把他吓了一跳。声音唱啊唱，带着讥讽：

"企鹅先生，企鹅先生，

给学生准备着课程；

相信冰山的企鹅先生

你的冰块是真有那么神?

企鹅先生,企鹅先生,

注意冰块要分层!"

企鹅先生是个稳重又平和的人,却也被这声音扰烦了。声音似乎一直嘲弄着他。他生气地吼道:"你是谁?"

声音答道:"我是我。"

"是谁?"

"是我,我是鱿鱼呀!"

是的,说话的正是鱿鱼。鱿鱼的性格比较奇怪:不管面对何人,他都只说真话,但却时常胆怯。这不,他话音刚落,就向周围喷散开大量墨汁,消失不见了。企鹅先生被激怒了,不甘心地继续问道:"你倒是讲讲,凭什么说那些冰块要分层?"

鱿鱼却不再做进一步解释:"再见了企鹅先生!记住那句老话:有备则无患!"

企鹅先生感觉自己快要发狂了,他朝着大海冲去,想要抓住鱿鱼,给他好好上一课——当然,可不是地理课!但这只是企鹅先生的妄想。鱿鱼已经在黑墨掩护下消失了。先前海水中漂着他兜帽形状的头顶的地方,现在只有一个大大的黑点蔓延开来。

不过,企鹅先生虽然很生气,但他再次环顾四周,却是

松了口气。没有问题，一切正常：山还是那些山，峡湾也还是那个峡湾，开阔的大海望得到最远处的海平面，上面散落着许多与他所在小岛相似的冰岛。并且，这里的太阳也像往常一样，不带一丝暖意地肆意照耀着，因为在极地，永远都是这样的冰天雪地。企鹅先生认为明天他还是会继续上课。这堂课对于他来说非常重要，课的主题与他书中的主题相同：冰是永恒的，就像石头一样。企鹅先生想到，既然今天没有课，那干脆好好休息一下吧。做些什么好呢？企鹅先生想了想，觉得最好的消遣就是好好吃一顿。是呀！还有什么比享受美食更值得期待呢？企鹅先生走进屋里，对妻子喊道："把最大的锅给烧开。今天咱们吃三份鱼！"

于是，那天企鹅先生吃了三份鱼作为消遣，企鹅太太和三十六只企鹅也都同他一样各吃了足足三份鱼。哎呀，这可真是一场盛宴！午饭后，困意袭来，企鹅一家全都爬上床，连续睡了二十个小时。八点钟的时候，企鹅先生醒了，他对太太说："我去上课了，还是老时间回来。"

企鹅太太问道："今天也要吃三份鱼吗？"

"不，老样子，今天吃一份。"

企鹅先生从屋子里出来，四周看了看，然后用鳍揉了揉眼睛——他不敢相信自己眼前的景象。

所有的一切似乎都变了：峡湾口的两座雪山消失了，就

相信冰山的企鹅先生

连峡湾也不见了!前一天散布在海上的那么多小冰岛又去了哪里?连它们也消失了!太阳照在平静至极但又空无一物的海面上。企鹅先生甩了甩头,希望是自己看错了,然后他睁大眼睛又看了看:不,就是这样——他的冰岛孤零零地在大海上,完全孤零零地,在那一望无际的蓝色海面上,只剩下他用冰块搭的那三所建筑:学校、家和厕所。企鹅先生走到冰岛的边缘,盯着水面看了一会儿。随即他注意到:他所在的冰岛正在以惊人的速度移动着。他计算着,至少,每小时一百公里。

企鹅先生一言不发。他回到屋里,翻出了一个酒桶,桶里装的是一种叫作"极地甘露"的烈酒。然后,他跟他的太太喝了又喝,喝到桶里一滴酒都不剩了。喝完了酒已经半夜了,他们离开屋子的时候,天色亮如白昼,因为在极地,午夜也有阳光。兴奋的企鹅先生和企鹅太太一起舞动着,在午夜的阳光下,他们的小岛穿越过大海。他们边跳舞边唱:

"哪里是错觉!

什么叫改变!

只要有冰雪,

我就跳舞喝酒不停歇,

中餐吃鱼一大担,

再来一个当早餐!"

那天晚上,企鹅先生和企鹅太太睡得很好。我敢这么保证,是因为他们喝得烂醉!第二天早上,企鹅先生起床离开屋子的时间比平时稍晚了些。他的头很痛,好不容易控制双腿站了起来。然后,他不可思议地发现,依旧在大海上快速移动的小岛,明显变小了。他的屋子前一天离海水还有不少距离,而现在已经接近水边了。还不止这些:学校缺了一大块,那里曾经是图书馆,而那个原先是小厕所的建筑彻底不见了。这些东西都到哪儿去了?显然是去了海里。但它们是怎么去海里的呢?这可就难以想通了。企鹅先生一直坚信冰不会融化——就像石头一样;而且他绝对不愿承认是自己想错了。总而言之,他是有道理的,为什么一定要假设冰会融化呢?如今也是一样,他的想法丝毫没有改变。实际上,企鹅先生并没有注意到一个非常简单的事实:冰岛在向南漂移,因此,随着时间的慢慢推移,太阳也变得越来越暖和了。

企鹅先生狠狠喝了一口"极地甘露",然后把自己关在用冰块围起来的书房里。在这里,他躲避着外面的世界可能带给他的"惊喜",致力于完成一本非常重要的书,书名叫作《冰不会融化》。就这样,几天过去了。企鹅先生写啊写,写啊写,一次也没有从他那间温度至少在零下一百度的书房里出来过。他准备了一批冻得僵硬的小鱼来果腹,如同脆皮面包一般——企鹅先生时不时地拿起一条,一边吃一边继续写

相信冰山的企鹅先生

作。如此,《冰不会融化》成了约三百页的手稿,企鹅先生重申了他的理论:冰是一种跟石头几乎完全一样的材料,它们同样坚固和耐用。

写啊写,写啊写,企鹅先生终于写完最后一页,然后伸出鳍去抓最后一条鱼。从未有过!那条小鱼,显然已经解冻了,狠狠地咬住了他的鳍。企鹅先生痛得发出一声惨叫,目光向下看去的时候,发现冰块铺成的工作室地板已经融化了,露出一个大洞,从大洞看下去,竟然可以看到海水。咬过企鹅先生的小鱼把脑袋从这个洞里钻了出来。小鱼念道:

"企鹅先生啊企鹅先生,

你在海上写书作甚?

快快放下笔和本,

跳进水里——

学着游上那么一程!"

小鱼说完这些就不见了,企鹅先生匆匆冲出书房。

眼前所见使他倒吸一口凉气——冰岛已经不复存在,学校完全消失了,他的家也只剩下书房,在书房的屋顶上站着非常害怕的企鹅太太和三十六只小企鹅。在残存的冰层周围,赤道的大海在烈日下冒着烟沸腾着,闪闪发光。企鹅太太叫道:"企鹅先生,我们该怎么办呐?"

她的丈夫没有回答她——环顾着四周的企鹅先生,此刻

也不知道该怎么办。他看到冰岛已经融化了,但他还是不想承认自己错了。挽救这个局面的是一只小企鹅,准确地说是小企鹅十八号。那一瞬间,他在不知情的情况下执行了先前那条解冻了的小鱼的建议,轻快地喊道:"爸爸,我实在是太热了,我要扑到水里去洗个澡。"他轻轻一跃,跳入海中。其他所有的企鹅兄弟都立即跟着他跳了下去,然后轮到他们的妈妈。最后是企鹅先生,虽然他还在因为先前带头的是儿子而不是自己而感到懊恼。毕竟,冰层现在变得像一块薄纱,就算自己不跳下去,他还是会掉进海里。

企鹅先生、企鹅太太和三十六只小企鹅是如何游回极地的,那就是另一个故事了。你们只需要知道,如今一切都和从前一样:企鹅一家住在冰岛上,企鹅爸爸依旧教授着地理。改变了的只有他讲授的主题。现在的主题为:"冰不是永恒的——前因和后果。"正如俗话所说:

相信冰山的伙计,

最终会尝尝露营。

没有什么永远不朽,

寒冬也不会坚持太久。

相信冰山的企鹅先生

寻找自己的长颈鹿

一千亿年前,有一片满是杂草的大草原,草原上孤零零地生活着一只小长颈鹿。这只小长颈鹿的特别之处在于,她从未在镜子里看见过自己。你们要问了:"草原什么时候有过镜子?"我的回答是:"对。草原上是没有镜子。但是会有许多和自己同样种类的动物。只要一只同类站到另一只面前,他们上上下下看看相似的对方,这就像它在镜子里看着自己一样。总之,其他人就是我们的镜子。"

就此打住,反正呢这只小长颈鹿是独自在草原上长大的。一千公里之内没有像她这样长着四条腿的动物,只有鸟类和后来的昆虫。

这时有人会问:"可是她没有妈妈,没有爸爸吗?"是的,小长颈鹿和其他动物一样,也有爸爸和妈妈。但可悲的是,他们都死了,而且死因离奇:在小长颈鹿还很小很小的时候,有一天,她的爸爸和妈妈想去吃一朵红色的花儿,那朵花长在一棵非常高大的树的树顶上。为了够到这朵花,小长颈鹿的爸爸和妈妈把他们的头伸进两个全是树枝的狭窄树杈里。他们吃到了那朵花,每人吃了三片花瓣,却发现他们的脖子再也无法从那些树杈中挣脱了。而且,为了够到花,他们先前都是用力踮着蹄子,脚尖几乎离地了。这一来,两只可怜的长颈鹿只能一直在空中踢着腿,挣扎着,直到死去。那时,幼小的小长颈鹿在适合他高度的低矮灌木丛中吃着草,从一

个灌木丛到另一个灌木丛,越走越远,最后,发现自己完全孤独地站在那片广阔的草原上。

总之,小长颈鹿在完全孤独的环境中长大,直到我们的故事开始。她出落成长颈鹿中的佼佼者:身高两米半,尾长是身高的三分之一,头占身高的四分之一。好吧,你不会相信的:没有照过镜子的长颈鹿,确信她自己并不比普通的腊肠犬高,也就是说,也就二十或三十厘米高。事实上,她经常会说:"像我们这样身材矮小的人。我,这么小的我。"

如今的小长颈鹿,在她生活的这片草原上跟一只长脚鹬交了朋友,长脚鹬刻薄又喜欢讥讽别人。有一天,他们正在谈天说地呢,小长颈鹿突然对他说道:"我太小了,有时我真的很害怕老鹰会用他的爪子抓住我把我带去个什么地方,然后吃掉我。"长脚鹬大笑起来。小长颈鹿恼火地问:"你能告诉我你为什么笑吗?有什么好笑的?我这么小,老鹰又实在太吓人了。有什么奇怪的?"

长脚鹬说:"当然奇怪啦!老鹰应该害怕你才对。除非那个要把你带走的鹰有山那么大,爪子跟喙都有一臂长。"总之,简而言之,长脚鹬跟小长颈鹿争论了起来,谁也不让谁。接着长脚鹬扬长而去,只留下了小长颈鹿自己。

这一次,小长颈鹿有些困惑了。她发现,当她和长脚鹬争论时,每每说到自己的小身材,树上那些鸟儿们都哈哈大

寻找自己的长颈鹿

笑。说不定长脚鹬是对的呢？只是，她自己又怎么才能知道呢？想了又想，小长颈鹿决定周游世界，确定她自己到底是什么。比如，他们跟她说过，在某个遥远的国度，生活着一种叫作狮子的动物，像她一样有四只脚。"我得瞧一瞧，"小长颈鹿想，"或许我是一头狮子？"

走啊走啊，小长颈鹿穿过了不知道两片还是三片森林，几座沙漠，三座山脉，终于来到了狮子所在的国度。那里地势平坦，树木葱郁，灌木丛丛，满地的沙子，与她长大的草原并没有太大的区别。小长颈鹿巡视了一阵，正巧遇到了狮子一家：狮子爸爸，狮子妈妈和四只小狮子幼崽。在靠近这个美好的家庭时，长颈鹿的心怦怦地跳了起来。她远远地喊道："朋友们，你们好啊！我是来跟你一起生活的。"

母狮打了个哈欠：她早餐只吃了半只水牛，还正有胃口。而可怜的雄狮，虽说吃了一只羚羊应该满足了，但不知道为何他的胃里深处依然发出阵阵咕咕哀鸣。小狮子们甚至仍然饿着：他们每人连个法老都没吃到。因此，这家子理应逮住小长颈鹿并吃掉她，幸运的是，此时一只肥硕的斑马经过。狮子扑向她，杀死她，吃掉她，一气呵成。小长颈鹿想："其实，我还从来没有杀过谁。但如果我是狮子，我就必须这样做。嗯，不妨一试。"小长颈鹿模仿着狮子，锁定一只正在忙着的疣猪，跑过去跳到他的身上。她从来没有这样做过！

温柔的嘴巴连疣猪厚厚的皮都箍不住,疣猪用獠牙一顶她便松开了,再一推,推得小长颈鹿在灰土里直打滚。疣猪吼道:"你以为你是谁?狮子吗?"

"是啊!"

"好好照照镜子吧,可怜的疯子。"

于是小长颈鹿又继续踏上寻找自己的冒险之旅。她一会儿认为自己可能是一头大象,接着几乎立刻就意识到她没有那条不成比例的鼻子,没法把大草原上高高的草包裹、撕扯再放进嘴里;一会儿又有了自己是一只食蚁兽的错觉,但当她弯下腰去舔蚂蚁巢穴的时候,被蚂蚁咬了舌头,舌头肿胀得不成样子。她还想过自己是一只鬣狗,扑到腐肉上,结果厌恶地从腐肉中撤退。

小长颈鹿再也不知道还有什么地方可去了。一天晚上,她在寻找住处和睡觉的地方徒劳未果之后,又幻想自己是一条蛇,试图溜进蛇居住的洞里,却发现自己连鼻子都进不去,只得灰心丧气地躺在野外,躺倒在一片被满月照亮的大草原中间。她睡啊睡,觉得自己快要累死了,直到隔天早上才醒来。当她直起身子环顾四周时,惊呆了,她发现广袤的平原上散落生长着相思树,每棵相思树旁都有一只非常奇怪的动物,他们没有吃草,而是伸长了脖子去够大树高高树枝上的叶子。这些动物长什么样呢?古怪到简直难以置信,完全不

寻找自己的长颈鹿

真实——小长颈鹿简直不敢相信自己的眼睛:一颗很小很小、像羚羊一样的头搭在一个非常高的、金字塔形的脖子上;庞大的身躯,前半截身子比后面高出太多;腿还长得没完没了。哦,再补充一点,他们长着豹子一样的花纹。还有什么吗?小长颈鹿看着、看着,然后爆发出抑制不住的笑声。一阵又一阵地笑道:"这不是真的,不可能是真的,他们是复制出来的吧?"

自然,她的笑冒犯到了其他的长颈鹿——那些她觉得全都长得一模一样的动物。他们从远处开始大喊:"傻瓜,你笑什么?"

小长颈鹿回答说:"我笑是因为你们看上去太好笑了!"

"我们确实跟你一样好笑。"

"跟我有什么关系?我跟你们又不一样啰!"

"哦,是吗?那你好好瞧瞧这个,"一只长颈鹿靠近她,一脚踢在她的肚子上,顷刻间,其他长颈鹿也都踢向她。要不是一头庄严稳重的老长颈鹿威严地介入阻止了他们,小长颈鹿真的就要没命了:"嘿,你们放开她。你,告诉我,你以为你是什么样的?你以为你是谁?"

听到这个问题,小长颈鹿有些尴尬:"我觉得我是……反正我觉得我和你们不一样。"

"我明白了。你就跟我来吧。"

小长颈鹿顺从地跟着她的救命恩人。她把她带到了极深的森林深处,带到一个水塘边。

"现在,登上那个土丘,照照水塘的水,看看你自己。"小长颈鹿听从老长颈鹿的建议,爬上了土堆。可就在她快要看自己的时候,有一只水塘里的鳄鱼张开了他的大嘴,嘴里布满密密麻麻的锋利牙齿。小长颈鹿又羞又怕,那些牙齿吓坏了她。于是她跳下土堆,跑开了。晚些时候,她回到长颈鹿群中间。他们问她是否在水中看到了自己,她回答说:"是的,我看到了自己,我和你一样,和她一样,我们全都一样。"从那天起,小长颈鹿成了长颈鹿群中的一员,不再号称自己与同伴们有所不同。但是,她总忍不住在心里对自己说:"因为当时的那只鳄鱼,我根本没有看到水塘里的自己。因此,我并不知道我是不是跟他们相似。就我个人而言,我会说不。"

寻找自己的长颈鹿

爱上一只鹳可真不值得

数十亿年前,有一只极度厌恶人类的老仓鸮。老仓鸮住在某个岩壁中段的洞穴里,岩壁向上看似乎能直达天顶,向下望又仿佛要沉入无尽的深渊。岩壁洞穴之中,一根石柱凸入虚空。每天晚上,老仓鸮都会飞出去,逮回一两只老鼠作为第二天的盘中餐。老仓鸮从没想过要结婚。他说:"嗯,我才不傻呢,我为什么要把一个陌生人供在家里?"他雇了一只蝙蝠来服侍他,蝙蝠能干又热情,但有个惹人厌的习惯——总是把头朝下,让脚趾紧贴着洞顶。仓鸮认为,这种习惯对蝙蝠的思考方式是有影响的,否则他怎么会要这么做呢?"你这样倒吊着,头朝下,"仓鸮说,"到头来你只能想到头朝下才能想到的念头。"

这个观察结论很快便得到证实。某个黄昏,仓鸮伫立在岩石尖上,正要飞去搜捕老鼠,这时,目之及处,有个东西似是一条白色丝带,又像是一波海浪,一下展开一下又收拢。这个东西在晴朗的傍晚天空中,渐渐向仓鸮靠近。那是什么呢?

仓鸮仔细盯着丝带看了许久,终于明白了:这是一大群鹳,同往年的秋末一样,他们要迁徙到南方过冬。

仓鸮无法忍受这些鹳,这种不安分的鸟永远停不下来,一会儿住在德国的钟楼楼顶,一会儿又跑到非洲的猴面包树上。"怎么,难道要我换个地儿?"仓鸮自言自语道,"难道我

在鲸鱼非常非常小的时候——莫拉维亚的动物故事集

还能收拾东西住到乍得湖去?"就这样,那天晚上,仓鸮也像从前的许多次一样,退到洞穴深处,一动不动,在黑暗中睁着他黄色的眼睛,等待鹳群飞过。

不知道鹳群在山洞前总共飞了多久。约莫飞过了数百只鹳鸟,他们经过时制造出非常大的噪声——这种异常健谈的鸟类,即使在飞动时,也不停地谈天说地。

仓鸮看到那条白色的河流从洞穴外向下流去,他非常厌恶地眨着泛着磷光的眼睛,好像有人刚刚打了他一巴掌。终于,最后一只几乎掉队的鹳鸟也飞了过去,谢天谢地,都过去了。

仓鸮松了口气,又等了一会儿,确定鹳群已经飞远了,才从洞穴里出来。就在他要飞起来的时候,有个东西重重地砸落在他身上,差点把他给压垮。在花了大力气调整好自己之后,仓鸮才发现刚才球一般砸中他的,是一只体态轻盈的年轻母鹳,她看起来很沮丧。过了好一会儿,鹳鸟依旧喘息未定,说道:"在哪儿,咦,哪儿去了呢?"

"谁?"

"我的队伍,那一群鹳。"

"呃,这都已经过去一个小时了。"

你见过鹳鸟哭泣吗?我没有,但我可以想象得到。无助的鹳鸟泪流满面,忍不住抽泣起来。在一次又一次的抽泣中,

爱上一只鹳可真不值得

她说完了她的故事：在她小心翼翼地跟着她的父亲、母亲和五个兄弟姐妹一同飞行的时候，小鹳儿（我们暂且这样喊这位年轻的母鹳）一不留神，扭到了她一边的翅膀。于是她一直都落在最后，呜呜呜，如果，那一刻她没有天意般地落在他的身上，呜呜呜，她肯定会掉在地上，然后被某只凶残的野兽吃掉，呜呜呜，鹳对他们来说可美味了，呜呜呜。

仓鸮从刚才所有的谈话中只明白了一件事：小鹳儿无法继续飞行，因此不得不在山洞里逗留一段时间，从而打破他宝贵的独自安宁。他刚要回答："那我能做些什么呢？你为什么不向你众多亲朋中的某一个求助，比如你的秃鹳叔叔或你的白鹳堂兄？他们有很大的巢穴；而我，你看看，我只有这个小小的山洞，而且，我还得跟蝙蝠共享它……"就在这时，从洞穴深处传来了蝙蝠的声音，他说："仓鸮啊，别犯傻了，这可是你人生的大好机会，可不能让它溜走哇！"

"什么机会？"

"这是一次让你摆脱孤独和厌世的好机会，你将在你的岩洞里迎接一个崭新的、年轻的事物——一个洁白、明媚、阳光的存在。"

"但我是个夜猫子。而且，在我这个年纪，不会再去改变某些习惯了。"

"等着瞧吧仓鸮，你会改变的。"

在鲸鱼非常非常小的时候——莫拉维亚的动物故事集

爱上一只鹳可真不值得

"你这么说,是因为你的脑袋是朝下的。"

"仓鸮啊,脑袋朝下总比一个脑袋都见不着的好。"

总之,长话短说就是,不仅小鹳儿留在山洞里等待痊愈,而且,正如蝙蝠所预见的那样,仓鸮改变了他的习惯。他不再在夜里披星戴月,而是怒飞在白昼刺眼的阳光下;他不再捕猎肮脏的黑毛老鼠,而飞去捉冰凉的银鲦鱼。甚至他的声音也发生了变化——从嘶哑的喋喋不休变成了有韵律的低声细语。为何会有如此天翻地覆的变化呢?很简单:爱情来了。仓鸮爱上了小鹳儿,他一刻都不能再离开她。于是,大家总会看到他俩出双入对,顺着河流,沿着湖泊,在那些小鹳儿喜欢的地方出没。小鹳儿又白又瘦,长着细高的腿和长长的喙,非常优雅;而仓鸮,又黑又驼,圆得像个球一样,上面镶着钩曲的喙和硕大的夜眼。

但是坠入爱河的仓鸮感到忧心忡忡。他趁小鹳儿不在听的时候,对蝙蝠祖露心声:"我认为这个小鹳儿非常精通此道:你向她伸出手,她便拐住你的手臂。"蝙蝠回答说:"即使你给她你的手臂,她仍然还觉得不够。"仓鸮抱怨道:"哦,是的,你这样说话是因为你的头朝下,所以看到的一切都是颠倒的。"蝙蝠反击道:"上天希望你一生中至少有一次放下你的头颅看看事情。"

而后,小鹳儿不仅痊愈了,而且出落得更加标致了。她

仍然住在仓鸮的山洞里，但常常神秘地消失。因此妒忌的仓鸮开始跟踪她，很快发现他的女客人是去见了某一只鹳——他跟唐璜一样以风流而远近闻名。仓鸮竟也受到责备——她一反常态，给了他这样的答案："我知道自己想要谁、喜欢谁，你闭嘴。"仓鸮感到非常羞愧，向蝙蝠大吐苦水。蝙蝠像往常一样回答他："我以我的眼光看待事物，以头朝下的方式。跟你说，你也算幸运了。小鹳儿是背叛了你，那也好吧，毕竟聊胜于无。"

带着"即便被背叛，总比没有好"这个想法，仓鸮最终竟然同意了为小鹳儿跟唐璜鹳的孩子搭建巢穴。于是，大家看见这个可怜的老仓鸮嘴里衔着干草、纸片、绒毛、树枝、芦苇、破布，前前后后忙碌着。总之，他带着各种能使巢穴更坚固、更舒适的材料来来回回飞来飞去——为别人的孩子。而蝙蝠依旧继续告诫："不要抱怨。你这样至少是在活着。你以前是什么？一个死人。"

如今，巨大的巢穴挂在空中，搭在先前的岩柱尖上。足足五只小鹳从蛋中出来，开始制造出如魔咒般的喧嚣。他们张着喙，从巢中出来，傲慢地要求喂食，是谁特意哺喂他们各种各样的蠕虫、蜗牛和不同种类的昆虫呢？对！就是这个可怜的老仓鸮。但蝙蝠并没有同情他："看啊，现在你有了一个真正的家庭。你还有什么不满足？像你这样幸运的人，实

爱上一只鹳可真不值得

在太少啦。"

忙到头来，惊喜连连。突然有一天，小鹳儿非常仓促地对仓鸮说："好了，我最亲爱的仓鸮，我们分离的时间到了。我感觉我的翅膀生生作痒，我的双腿充满渴望，我的胸膛不住颤抖：一切都告诉我，我和我的孩子即将迁徙。你准备怎么办呢？你是跟我们一起走呢，还是留在这里？"

仓鸮一惊："怎么？你要离开？"

"当然，你应该明白，再也没有什么能把我困在这里了。"

"哪怕是因为你感受到的一份情谊？——就算不爱我，至少有一些感激？"

"我唯一的感觉就是渴望尽快飞走。"

"你控制一下自己呢？"

"没办法。那份渴望战胜了我。"

仓鸮绝望地苦撑："可是你要去哪里？你至少要知道你要去哪里吧？"

小鹳儿不屑地回答："我们这些鹳永远不知道我们要去哪里。我们得走了，到此为止吧。"

"但那些回来的鹳一定告诉过你，他们当时去的是什么地方。"

小鹳儿含糊其词："他们说在很远的地方，有一个非常非常大的湖泊，湖泊上面撒着天空中的光芒。湖里有很多很多

的鸟儿在水面上嬉戏,捕着肥美的大鱼自给自足,晒着太阳乐无边。"

"那么,在你看来,在那边我也会快乐吗?"

"在我看来,你的快乐是在黑暗里,半夜三更去逮老鼠,然后带回一只硕大的老鼠到洞穴里,让蝙蝠煮了它给你吃掉。"

该怎么办呢?他询问了蝙蝠后决定:"当一天鹳鸟好过做一百年仓鸮。"小鹳儿已经在忙着准备出发了;仓鸮下定了决心,宣布他也会跟随她们。他们在黎明时分离开。从岩柱出发起飞——首先是小鹳儿,然后是五个孩子,仓鸮殿后。蝙蝠仍然留在山洞里,但允诺一听到他们的消息就会去加入他们。与此同时,他对仓鸮喊道,依然是头朝下站着:"你离开是对的。每个人都只活一次。"

飞啊,飞啊,飞啊,仓鸮很快意识到他的力不从心。小鹳儿的翅膀很长,而他的翅膀很短;她的肺部非常发达,而他的肺又小又紧;她的视野清晰,而他几乎快被太阳光刺瞎了。一天早上,当他们飞过一片波光粼粼的浩瀚大海时,仓鸮看到了一个小岛,开口恳求小鹳儿:"我们在那块岩石上停一会儿,这样我们就可以稍作休息了。"

小鹳儿回答:"那你歇下来吧,我们继续。"

"但是我累了。"

爱上一只鹳可真不值得

"对你来说这样很糟糕吧。"

小鹳儿的狠心让仓鸮有了决定。他没有和任何人道别就直接飞降到小岛上,在那里独自待了几个小时,悲伤地凝视着大海。接着他再次起飞,但这次是朝着他的洞穴的方向。

一切都保持着原先他离开时的样子。而头朝下的蝙蝠第一时间冲他吼道:"你会后悔没去湖边的。"

仓鸮没有回答他,他在山洞里搜寻,发现一根长长的白色羽毛,可能是从小鹳儿的翅膀上掉下来的。他把它叼在嘴里,然后飞到岩柱边。就在那里,那个完整而巨大的巢穴,还铺着满满的绒毛和干草。仓鸮张开嘴,白色的羽毛掉进了深渊。接着便轮到巢穴了:仓鸮猛地冲下,巢穴摇晃起来,在岩柱边缘停留了片刻,然后旋转着往下掉落,消失在深渊里。此刻,月亮正在升起,那银色的月光照着整个仓鸮曾经捕猎的广阔平原。仓鸮说:"好了,我去捉一只老鼠明天吃。"头朝下的蝙蝠喊道:"我们该怎么做呢?"仓鸮回答:"用烤箱。"说着,便飞走了。

美好的婚姻从鼻子开始

二十亿年前，在非洲村庄边缘的一棵猴面包树上，住着一只秃鹳。方圆百里的邻居们都认为他的知识像水井一样深不可测，智慧如大海一般宽广无垠。秃鹳大部分时间都待在树的最高处，驼着背，头耷拉在肩膀上，用高而细的腿站着，粗而长的嘴指向地面，眼睛半睁半闭着。他在上面做什么呢？——思考，至少有人问起时，他都是这么说的。虽然，要是仔细观察，你就会发现它有着非常小的头颅和极粗长的嘴，这清楚地表明他很少思考，而食欲很强。思考者——他的声名远播，大家都从四面八方赶来，向他请教。秃鹳通常会先确定访客是否给他带了礼物，然后再给予思考和回应，这大约要花上一周或是一个月的时间。最后，公布他的判断时，大多是表示各有道理，没有人是错的。

每到中午十二点和晚上七点，也就是午餐和晚餐时间，秃鹳就会停止思考，从树上飞下来，滑向当天访客们堆在猴面包树脚下的礼物。都有哪些礼物呢？简而言之，都是迎合秃鹳口味的食物。那是什么食物呢？简而言之：腐肉。秃鹳没有偏好，任何种类的肉它都喜欢，只要是腐烂的就行。他仁慈、缓慢、庄严地走近那堆血淋淋的、叮满苍蝇的腐肉，爬到上面，无声无息尽情地吞咽。之后就又飞回猴面包树顶，继续思考。

一天，有只乳臭未干的小豺狼来到猴面包树下呻吟哭泣，

68　在鲸鱼非常非常小的时候——莫拉维亚的动物故事集

边哭边呼唤秃鹳。秃鹳至少花了一刻钟才从思考中走出来，用他特有的洞悉一切的声音问道："你怎么了？"

小豺狼叫道："秃鹳，你告诉我，我能怎么做呢？"

秃鹳说："你带了礼物来吗？"

"你看了就明白了。"

"从我这边看不太清楚。是什么？"

"一颗华丽丽的水牛头，已经腐烂了起码一个月了。"

秃鹳眨了眨眼，表明他很满意，说道："那么，说来听听吧。"

小豺狼完全沉浸在痛苦之中。他鬼哭狼嚎地讲述了自己的故事：原来，小豺狼疯狂地爱上了一只来自上层家庭的长颈鹿，当他鼓起勇气向她求婚时，却被告知，作为长颈鹿，她永远永远不会嫁给他，因为他的皮毛散发着瘟疫般的臭味。小豺狼觉得自己的毛皮可是众所周知的好闻，长颈鹿却反驳："你要是能长出像我一样长长的脖子，你就会明白了——到那高高的树顶，到达最香的花儿和最嫩的叶子之间，你才会知道，什么是好闻的气味。谁告诉你，你的皮毛好闻来着？"

小豺狼的回答很天真："我的妈妈说的。她总是告诉我：'我的儿子，你的气味可真好闻啊！'"

长颈鹿便答道："可不，妈妈说好闻也不是在开玩笑。啧啧，你们是同一种族的嘛。"

美好的婚姻从鼻子开始

小豺狼的故事讲到这儿就停了,他焦急地问道:"无所不知的秃鹳啊,请你告诉我真相:我真的很臭吗?我臭气熏天吗?"

秃鹳陷入沉思中。最后说道:"一个星期后再来吧。记得再带些礼物,要比水牛头更多可吃的,比如内脏之类的,那真是再好不过了。"

一周后,守时的小豺狼又来了,第一件事就是在猴面包树脚下放了一大堆肠子、肾脏、肝脏、脾脏等等,这些内脏已经腐烂了十几天,看上去非常美味。秃鹳鼓起了嘴下面的喉囊,表现出他的满意。他开口道:"我亲爱的小豺狼,你的情况很严重,用智者的话来说,就是嗅觉失灵了。你对自己产生怀疑,当你闻到一些气味,你觉得是香的;一会儿你再去闻同样的东西,却又觉得闻到了臭味。这种情况是比较严重,但你也不用过于惊慌,因为凡事皆有补救的余地。正如那些名家所说:即便是只蟑螂,在它妈妈的眼里也是美的;萝卜青菜,各有所爱;情人眼里出西施;一千个观众眼中有一千个哈姆雷特;在比利牛斯山这边是真理的东西,到了那一边就是谬误;美丽的事物不是因为自身美丽,而是因为被喜爱才被认为美;人多嘴杂……总之,简单地说,一切都是相对的。话说,'虔信者一切皆纯',因此,不存在既定的规则、规定和法律——人人为自己,上帝为人人。"

一大堆谚语跟格言排山倒海地袭来,小豺狼听得头昏脑

涨:"所以,那么,我应该怎么做呢?"

秃鹳回答说:"我的意思是:在墓地、废物堆、垃圾场、碎石、泥潭和水坑里,你是香的。相反,到了草原、森林和灌木里,你的气味便被认为是臭了。我举个实际例子:在草原上生活的长颈鹿,如果进入你的领地,就得认命地被看作是一种散发着异味的动物;如果你到了到它的领地,也是一样的。"

小豺狼问:"那你呢,秃鹳,你属于哪里呢?"

秃鹳严肃地回答:"既不在这里,也不在那里——我在上面。"

"上面?"

"是的,上面。"

小豺狼突然大叫起来:"你说的也许都是真的!但我想结婚,我觉得我的生命中需要有个伴。我想结婚。"

秃鹳回答说:"冷静点,罗马不是一天建成的,仓促的母猫只能养出瞎眼的小猫,走得慢的人走得更稳、更远。总之,要是你的父母答应给我一份合适的贡品,我就同意去拜访他们,跟他们讨论讨论你的婚姻大事。"

小豺狼不甘心:"那你就不能让长颈鹿改变主意吗?"

"不,这不行。事实证明:婚姻跟主教职位这两件事都是上天注定的。让会做的人去做吧!你能对长颈鹿做什么呢?明明下面有那么茂密的草地,傲慢的她却偏要花时间去吃高

枝上的叶子!"

就这样,秃鹳得到了正式的承诺,他将获得丰盛的腐肉作为答谢。秃鹳上门拜访了小豺狼的父母,与他们做了几次商讨。最终,小豺狼父母去见了鬣狗的家人,鬣狗姑娘虽然土里土气、不够精致,但结实健壮又勤俭持家。

小豺狼跟鬣狗姑娘见了面,嗅了嗅她,发现她很合他的心意。接着,他们建立了恋爱关系,到了晚上便一起出去翻垃圾。最后,便到了结婚的日子。

两家子把婚事准备得热闹非凡,婚礼庆典由垃圾场的食蚁兽牧师主持,宾客无数。新郎的证婚人是秃鹫和那只秃鹳,新娘的证婚人是鳄鱼和蛇。不得不提的是,现场来了很多屎壳郎,他们在土堆和沟渠里上上下下滚着大颗大颗的粪便。

举行婚礼仪式的垃圾堆与一片美丽的槐树林接壤,根据秃鹳的分区,那里现在是小豺狼的禁地。确实,长颈鹿和她的全家人都住在那里。此刻,正在参加婚礼仪式的小豺狼举目望向树林,发现在那金合欢树半遮半掩的高大树叶中,长颈鹿小小的脑袋正仔细观察着这边发生的一切。她牙齿间咬着一朵蓝色的花,眼睛没有离开小豺狼和他的新娘子。小豺狼忽然感到一阵疼痛,忍不住发出一声悲伤的叫唤。鬣狗姑娘小声地问他怎么了。小豺狼回答说:"没事,没什么,只是有只鞋子太紧了。"

洪灾、世界末日等等

三十亿年前,有一只总被嘲笑畏首畏尾、成天担惊受怕的雷龙。某一天,这只雷龙看到天空中聚集起乌云,不禁抱怨道:"看来今天要下雨!我最好带把伞。"

这一次,他倒没错。永恒之父厌倦了他亲手创造出来的这个世界,想要完全毁掉它,再从头做起,建造一个更摩登更新潮的世界。至于如何摧毁这个世界呢,永恒之父想到了两个办法:用水和用火。前者能淹没一切,后者可以燃尽所有。无论选择哪一个办法,皆是殊途同归:世间万物没有任何一样能够幸免于难。

永恒之父做事总是犹豫不决。他将用水和用火的利弊权衡来比较去,仍旧没有头绪。于是他求助于他的秘密参谋——随机。随机给了他一个很好的建议:投硬币决定吧!永恒之父认为这个主意可行。他拿起一枚硬币抛向空中。"正面,那就是说,用水淹。"永恒之父说道。于是他拿起平日里给花园浇水的水泵:"现在我要抬着这根水管把世界浇到胳膊酸为止。差不多也就四万年!让这个世界下四万年的雨。这就是大洪灾,用我们的语言翻译过来就是雷雨交加的大洪水。"

于是,这场雨下了四万年。真是一场大雨啊!整个地球表面都盖上了一层水。万物——植物、动物、基督徒——都在大水的淹没中死去。打着红蓝楔形雨伞的雷龙也没能逃过此劫。四万年到了,永恒之父握着泵的手臂抽筋了,他放低了

在鲸鱼非常非常小的时候——莫拉维亚的动物故事集

水管。随着水位慢慢变低,大洪灾结束了。但是那大量的水怎么办呢?永恒之父灵光一闪:他可以在里面放些鱼。说着,便如此创造了鱼:他把它们从嘴里吹出来,就像吐烟圈一样。他在空中捉住它们,然后说:

"你会是金枪鱼。"

"你会是鳗鱼。"

"你会是鲽鱼。"

"你会是鳕鱼。"

"你会是鲻鱼。"……

如此这般。

创造完了鱼之后,永恒之父明白了,他之前太任性了,他对世界其实并不感兴趣,应该去想想其他事情了。

几十亿年过去了,海里满是鱼,整个世界上除了海之外别无他物。鱼摇着尾巴游来游去,你吃我我吃他,总之,做着鱼要做的事情。有鲸鱼这样的庞然大物,也有沙丁鱼那样的小不点。众所周知,总的来说,鱼是一种缺乏活力、闷声闷气又没有想象力的生物。一个词形容就是:无聊。然而,现如今这群百无聊赖的鱼开始厌倦了做鱼。最终,他们派了一个代表团去参见永恒之父。他让他们稍等一会儿,差不多就是两百万年吧,然后他接见了代表们:"怎么啦?"

"我们好无聊啊!"

洪灾、世界末日等等

 在鲸鱼非常非常小的时候——莫拉维亚的动物故事集

"你们觉得无聊是因为你们自己无聊。"永恒之父说道。

"不,我们无聊是因为我们老是在水里。""你们为什么不喜欢水呢?"

"首先,水里到处都湿透了,水下潮湿得可怕;其次是,水里太黑啦,黑得我们看不见对方,总是会撞到一起;最后呢,水里太冷了,都要给冻起来了。鲸鱼在水里游的时候,头是在水面上的,她跟我们说,大海之上有天空,天空中有颗太阳,温暖、明亮又干爽。嗯,我们想要太阳。"

永恒之父挠了挠头,叹了口气,回味着。最后他说:"好吧。太阳将蒸发掉一半的海洋,一些陆地将会显现出来。仍旧想留在水里的,继续做鱼;想能在水里又能上地面的将被称为两栖动物;只想生活在陆地的,将被称为哺乳动物。这样你们满意了吧?现在好让我安静安静了。至少在十亿年之内,我不想再听到关于地球的消息。"

于是,事情就这样发生了。太阳蒸发了一半的海洋,大陆出现了,很多鱼选择了去陆地上生活,也有很多鱼留在水下,还有很多能在水中和陆地上生活。生活在陆地上的生物里,有一群被称为"人类"的动物,谁知道永恒之父出于怎样的心血来潮,创造出了赤身裸体的他们。是的,就像蠕虫一样浑身光溜溜。这群赤裸的动物最终厌倦了,也派了代表团去参见永恒之父。他们的对话是这样展开的:"我们觉得冷,请给我们像两栖动物一样的鳞片或者像哺乳动物一样的毛皮。"

"不,你们从创造之初就是赤裸裸的,赤裸将伴随你们一生。"

"为什么呢?"

"没有为什么。就是这样的。"

"那至少把太阳变得更暖和吧。"

永恒之父不得不承认这是个合理的要求。他的大手伸到太阳后面,拧动了钥匙。霎时间,太阳变热了一倍。热得以至于赤道周围的植物、动物等所有的一切都死了,形成了沙漠,也就是说,这无边无垠火热的沙地上没有蛇没有蝎子,当然也没有人类。

又过了数十亿年。人类又派了另一支代表团来参见永恒之父,但这次他们得到很糟糕的待遇:"我能知道你想要什么吗?"

"我们想要更多的阳光!"

"什么,你们现在拥有的还不够吗?"

"是的,虽然在沙漠里阳光已经足够了,但在两极却还是冻得要命。我们希望到处都有阳光普照。"

然而,这一次,永恒之父没有妥协。他当初造出的两极非常合他心意,因此并不打算再做改变,便说道:"我创造了一个公正的世界:如此多的水、如此多的泥土和如此多的冰。因此不会再有多余的阳光。"

"看在上帝的分儿上,请永恒之父您赐予我们更多的阳光吧。"

"不可能的。一旦我赐予你们阳光,所有其他星球也都会来跟我讨价还价。宇宙大地上并非只有你们存在。"

"那我们要怎么做呢?"

"你们就好自为之吧。"

就在这时,有人来请永恒之父处理一件极其紧急的事情:一颗叫作冥王星的小行星正在坠落。你会问:它要掉到哪里去?呃,它就像一个水果从树上掉下来那样,往下掉——需要抓住它再把它放回原处。永恒神父快步走了出去,厅里只剩下这个代表团。代表团团长说:"知道我们要做什么吗?这会儿永恒之父不在,我们走到太阳后面,把钥匙拧一点点,然后回家。他什么也不会察觉到,而我们可以有更多的阳光。"

于是,代表团来到太阳后面,由团长将钥匙转了半圈。然而,不幸的是,在代表团里,有个叫作唐娜的女孩儿。这是个住在北极的姑娘,她羡慕赤道的姑娘们能光着身子到处跑,因为赤道的阳光充足。唐娜心想:"他只把钥匙转了半圈,太少了,我还是得穿着衣服四处走动,哪怕是再轻便的衣服我也不喜欢。我就是不想穿衣服,我要一丝不挂。我这么漂亮,我要让大家看到我裸露的身体,让所有人都来欣赏我。"如此,当代表团里的其他人陆续离开时,姑娘又回到太阳后

洪灾、世界末日等等

面，把钥匙拧了一圈。然后她想了想，担心这还不够，就又多转了半圈。就这样，她高高兴兴地跑回代表团里。

于是，天啊，太阳释放出异常炽热的光芒，宛如一把火之长剑。这道光芒瞬间击向大地，烧毁了一切：水、冰、土、每一个生物——植物、动物、鱼类、两栖动物。甚至空气也被点燃了。地球变成了一块烧得焦黑的石头。你会问："那人类呢？"他们也都被烧死了，包括那个姑娘，她的虚荣心造成了大灾难。

永恒之父回家后低头一看，地球上一片漆黑，像是沉闷的余烬。他快步走到太阳后面，看到那把被转动了两次的钥匙。疯子！然后他说："我真是受够地球了。他们让它变成了一块石头，那就让它做一块石头吧！"但后来，他又想了想——地球太适合再给修理一次了。于是，他又拿起了水泵……

于是大洪灾又来了，被雨水侵袭的地球，就像浸在水中的烧红的铁一样开始燃烧和冒烟。最后，地球被大海覆盖。海里又有了鱼类。

十亿年后，这群鱼厌倦了做鱼，派了一个代表团去见永恒之父，告诉他，他们在水中无聊，想要阳光。永恒之父回答："你们无聊是因为你们无聊。"好了，你已经知道故事接下来的部分了。晚安吧，睡个好觉。

裤子引起的误会

每个人都有自己希望得到的东西。袋鼠有一双细小的前腿挂在他的前胸,两条巨大的后腿朝身后弯曲着——这样身体结构实在太怪异了,因此对于他来说,在世界上最想要的东西就是一条裤子。袋鼠在澳大利亚的沙漠中四处寻找浆果和嫩枝芽时,看到了两个穿着裤子的人。他立即迷上了裤子这件好物,尽管裤子的腿部结构跟他的腿有明显的不同。

穿着裤子的那两个人来到沙漠里,是想要在沙子和石头中找出金子。但天真的袋鼠不明就里,并不知道金子意味着什么。当他看到这两个人在捡石头,就单纯地认为他们捡的不过是普通的不值钱的石头,只是不知道为什么,眼前这两人要把石头当成宝贝一样收集起来。

有一天,袋鼠目睹了这样的场景。一大堆石头被堆在一棵树下,两个人看着像是要把这堆石头平均分成两份。有一块石头滚得挺远,其中一个人弯腰过去捡时,另一个人突然猛地举起斧头,狠狠地敲击了弯腰的同伴的头,同伴当场晕死过去。惊恐的袋鼠想:"看看人类为了争一条裤子能做出什么事来!"他之所以有这个错误的判断,是因为他对服饰太痴迷啦!事实上,杀人凶手一下都没有碰裤子——他在地上挖了个坑,把死掉的同伴连裤子带其他所有的东西一起埋了起来,随后把所有石头装进两个马鞍袋里,让骡子驮上袋子后,就走了。

袋鼠平时都是独自在沙漠中转悠,所以习惯了只要有想法,就会大声说出来——这倒也是个陪伴自己的好办法。这次呢,他也依旧是这么做的。袋鼠想(也就是跟自己说):"人类太喜欢我们沙漠里的石头了。太喜欢、太喜欢,甚至超过了对裤子的喜欢!好,那我现在就把我自己的袋袋里装满石头,去跟人类换条裤子穿穿!"袋鼠以为周围没有其他人,便大声地"思考"着。结果袋鼠话音刚落,头顶上就响起了两个嘲笑声。袋鼠抬起头一看,看到了栖息在树枝上的鹦鹉和长尾猴,他俩是出了名的好同伴。只见鹦鹉和长尾猴正指着他哈哈大笑。袋鼠不解地问道:"嘿,你们是在笑我吗?"

鹦鹉讥讽地回答:"我们是在嘲笑某些自以为了解世界、实际上完全不是的某某某……"

"这个某某某恰恰就是我吗?"

"是的,恰恰就是你。"

"为什么?"

"因为你对人类的幻想不切实际,你没有意识到,你这样是永远穿不上裤子的。"

"永远穿不上!"长尾猴附和道。

"听着,你们给我好好解释,否则……"

长尾猴翻了个筋斗,解释道:"亲爱的袋鼠,你的道理是没错,天知道人类为什么会这么喜欢我们的石头。只是现在

裤子引起的误会

 在鲸鱼非常非常小的时候——莫拉维亚的动物故事集

你跟我讲讲,你靠近人类后,怎么跟他们解释你的目的呢?好比说,你是想把石头送给人类,他们也收下了石头,可能也想感谢你,但如果他们并不准备给你任何东西作为回报呢?"

袋鼠感到很沮丧。他的计划如此周密,却没有想到,实际上根本没办法让人类理解他。他挠了挠头,叹了口气,对长尾猴说:"长尾猴,你那么聪明,能告诉我应该怎么做吗?"

长尾猴摆出一副严肃又知识渊博的模样:"那你知不知道人类是如何相互理解对方的呢?"

"不知道。"

"他们有自己的一套发声体系,既不是羊咩,又不是马嘶,也不是牛哞,还不是象吼,更不是猪哼、驴叫或狗吠。总之啊,就是跟我们这些动物的叫声不一样,他们发出的声音里不仅包括所有这些叫声,还又加上一些其他东西。"

"他们发出的这种声音叫什么呢?"

"叫'语言'。"

"哦!语言!"

"是啊,不仅如此,除了语言,人类还会通过手和整个身体来比画,让对方能理解。他们把这些动作叫作'手势'。"

"语言和手势,好,太好了!所以呢?"

"所以你得依靠那些知道什么是语言、什么是手势的同

裤子引起的误会

伴啊!"

"哦,所以呢?"

鹦鹉迫不及待地喊道:"所以就是要靠我们两个!袋鼠,你得靠长尾猴和我,因为我懂得语言,长尾猴知道手势。"

袋鼠还是没有被说服:"哦,那你们给我证明看看,你们是知道怎么用语言、怎么做手势的。"

其实,鹦鹉多年来一直被拴在一户人家的架子上,那户人家家里有四个特别调皮的孩子;而长尾猴先前则被久久地关在动物园的笼子里,一些粗鲁的年轻人整天对着他做鬼脸和各种嘲弄的手势。随后,鹦鹉和长尾猴设法逃了出来。如今,在沙漠里,他俩装出一副最最了解人类的样子。

鹦鹉喊道:"注意啦,现在我让你听听什么是语言。"他支棱起身体,从枝上伸出头来,喊道:"笨蛋!傻瓜!弱智!蠢货!蠢货!蠢货!"

袋鼠问:"所以这就是语言?"

"没错儿。"

"那手势又是怎样的呢?"

长尾猴准备就绪,从一根树干攀到另一根树干,一直攀到树顶上。在那里,他正式而隆重地把他的左手放在右前臂上,做了一个极粗俗的手势。袋鼠问:"这就是手势?"

"没错儿。"

袋鼠又挠了挠头，说："毫无疑问，你们真的懂什么是手势、什么是语言。好吧，我们这就做决定吧，因为我肯定想要得到我的裤子。你们要陪着我去找人类又是想要什么呢？"

鹦鹉喊道："我想要一件衬衫。最好是绣着花儿的！"

轮到长尾猴时，他说："我呢，想要一条有蓝红波点的内裤。"

"为什么上面要有波点？"

"这样更显男子气概！"

"哦！我明白了。"

就这样，某天，袋鼠在自己的袋子里装了好多好多普通又普通的石子，蹦啊弹啊跳啊地向前进。袋鼠的头上是鹦鹉在飞，身旁跟着翻着筋斗的长尾猴。

它们仨来到了淘金者住的小村庄，那儿有一些支着的帐篷和简陋的小工棚。凑巧的是，那一天，在太阳底下、两根杆子间拉出的绳子上，正晾着一些长裤、几件衬衫和不少内裤。一个淘金者正站在自己的帐篷前，忙着用斧头劈柴。袋鼠靠近这个男人，很有礼貌地咳嗽了一声。成功引起男人的注意后，袋鼠把那些毫无价值的石头全都从自己的袋子里掏出来、扔到地上。男人张大了嘴，呼吸都变急促了。他对正在帐篷里做饭的妻子大叫道："你看这个畜生啊：它把一堆石头往我身上撒，还盯着我看，好像等着我给它什么东西

裤子引起的误会

似的!"

妻子疑虑重重,警告男人:"你可要当心了,袋鼠可是会出拳头的!"

袋鼠等了一会儿,只得转向鹦鹉说道:"来吧,你来说!"

鹦鹉飞了起来,边在男人的头上盘旋,边高声叫嚷道:"笨蛋!傻瓜!弱智!蠢货!蠢货!蠢货!"

男人气愤地吼道:"嘿!你知道你在说什么吗?"

袋鼠高兴极了,得到裤子的希望仿佛就在眼前,他对长尾猴说:"现在轮到你了!来,你快做手势!"

长尾猴跑上前去,就在男人的鼻子底下,用它弯曲的前臂做了一个嘲讽的粗俗手势。

男人又是怎么做的呢?只见他弯下腰,捡起一根棍子就往下冲去。首先是袋鼠挨了揍,他的一条前腿给打骨折了;接着是鹦鹉,他的翅膀被打得只剩下了残破的半边;最后是长尾猴,他的背部受到了重击,差点儿要断气了。要不是他们仨拼命逃窜,一定会让那个大发雷霆的男人给打死。他们跑啊、跑啊、跑,一直跑回沙漠里。

就这样,袋鼠没有得到裤子,鹦鹉没有得到衬衫,长尾猴也没有得到内裤。总之,人与动物之间根本没有交流。

妈妈的梦境是怪物们的摇篮

几十亿年前可比现在好,那时的生物可以去找大自然母亲,向她倾诉抱怨,大自然母亲听了之后,也会调整她创造世界的方式。大自然母亲巨大无比,大到一旦谁爬到她的头上,即便用上能望得好远好远的望远镜也看不到她的脚。她躺在一望无际的平原上,以山为枕,以沙漠为床,通过梦来创造世界。但她的梦不像我们的梦,我们的梦一旦醒了,就没了,甚至都很难再想起来。而大自然母亲的梦却能立刻变成现实。就好比有一天,大自然母亲梦见了一种非常奇怪的生物:一把有头有尾的伞,在用四条腿走路。看啊,霎时间,在大自然母亲的子宫里,便出现了痛苦地喘着气的可笑的乌龟。你想知道为什么她会梦见这样的动物吗?因为某个谁来告诉她,可以创造出一种神奇的动物,它在下雨的时候可以自己避雨,而不需要躲藏到洞穴或沟壑里。就是举个例子告诉你,大自然母亲有着亲切和顺从的天性,就像我们的妈妈一样。

总之,就在某一天,一队小猪代表团,努力爬了好多个小时后,到达了一座山顶,大自然母亲的头就枕在这儿。代表团的首领钻到她巨大的耳朵下面,使出全身的力气用最大的声音喊道:"妈妈!妈妈!妈妈!"只见大自然母亲的每根睫毛都像树干一样粗,她抬起像穹顶一样宽大的眼皮,露出湖泊一样的青色瞳孔,慵懒地问:"亲爱的,怎么了?告诉你的

妈妈，怎么啦？"

面对亲切的询问，小猪回答说："如您所知，我们小猪一向和平相处，每个个体都享有同样的权利，同时承担相同的义务。但从某段时间开始，情况就发生改变了。"

"意思是？"

"意思就是，我们的一些同类——不知道是出于你的意愿还是凑巧——变了模样了，而且，难过地说，并不是变得更好：他们娇嫩的粉色皮肤被黑色的鬃毛覆盖住；嘴里伸出几根尖锐的、弯曲的牙齿，那可真就是獠牙啊！这个自称野猪的群体暴力而霸道，仗着他们的獠牙为非作歹，他们掌握了统治权，我们只能服从。请妈妈您管一管。"

大自然母亲不认同："你们在创造出来的时候都是平等的。究竟发生了什么呢？你们说的是真的吗？"

小猪们齐声向她保证，事实正是如此。大自然母亲思考了一下，叹了口气，然后说："那些所谓的獠牙，让我想到我曾做过一个梦，不得不说，有些恐怖，就像个噩梦。众所周知，我的饮食口味有时比较重，然后就会梦见些怪物。难道嘴里伸出两根獠牙的小猪还不能被称作怪物吗？"

"我们也是这么想的！"小猪们感叹道。

"嗯，"自然母亲继续说，"这种霸道和嗜血的生物绝对违背了我的创造理念，所以吧，世界需要再加点理智。"

妈妈的梦境是怪物们的摇篮

小猪们从来没有听说过"理智"这个词。他们齐声问道:"理智是什么?什么是理智?"

大自然母亲回答说:"理智这个东西,打个比方,就像食物中的盐。我在做梦造物时,通常都不会忘记放上一小撮。我宣布,从现在开始做梦时,我将慷慨地放上一把。长久以来,我一直有一种深层的愿望,想在世界上创造出一种更加复杂的动物,准确地说,这种动物应该比其他动物拥有更多的理智。现在,我会注意在晚餐时吃些清淡的东西,然后好好睡一觉,我想这次我会梦到完全合理的动物,并且,这种动物将把你们从邪恶的野猪手里拯救出来。所以,亲爱的小猪们,信心满满地回家吧,把这件事交给爱你们的母亲,一切都会解决的。"

于是,小猪们立刻满怀感激和敬畏地退了出去——在那个遥远的时代,大自然母亲是很容易失去耐心的。那个被称为恐龙的大种族,因为经常来宣泄不满(它们希望自己更精致小巧,不要那么粗笨),最后被统统消灭了;否则,它们还能再继续生活一亿五千万年。小猪们走了之后,很长一段时间,差不多有七八亿年吧,什么都没发生。大自然母亲,如她所承诺的那样,在晚餐时吃得很清淡:只有一两座火山的熔岩,配着一条中等规模的河流。吃完她很快就睡着了。每隔两三个世纪,她才又叹出口气或翻一个身。不过,请感受下大自然母亲的威力吧！那些她叹出的气创造了今天仍然在空气里吹拂着的风；她一翻身，就会发生一场地震，改变地球某处的面貌。

大自然母亲终于睡醒了。那是个完美的日子，一大清早，天空还是最纯净的蓝色，微微洇着些淡粉，没有一丝风，在和煦的阳光清晰地照耀下，树木从未如此绿，花朵从未如此耀眼。大自然母亲醒了，抬起手肘把自己的脑袋支起来，正好瞥见下面，在她躺着的沙漠尽头，有两个身影远远走来，信任地手牵着手：那是一个男人和一个女人。他们用两条腿直立行走着。大自然母亲觉得，这次她梦到的真是杰作啊！她满意地看着这两个身影，看着他们沐浴在阳光下，越走越远，最后消失在她的视线里。大自然母亲翻过身，再度睡去。

这次她没睡太久，只过了亿万年。

大自然母亲睁开眼睛，听到混乱的声音，转过身来——哦，在她枕着的那座山脚下，还是先前的小猪代表团。母亲伸出手，用两根手指夹住其中一个，把他提到自己的眼睛前面。然后说道："好吧，又是你们。现在顺利吗？"

小猪回答："好极了，好得不能再好了。你在正确的时间做了一个正确的梦。"

"所以呢？"

"有一群小猪来了，他们在各方面都和我们一样，一样

妈妈的梦境是怪物们的摇篮

的红润、温柔、可爱和无害,唯一不同的是我们用四条腿走路,而他们是用两条腿。他们把我们带走,远离了可恶的野猪,到了一个绝妙的地方,在那里什么都不缺,要什么有什么,实在是太幸福了。"

"那个地方是什么样的呢?"大自然母亲好奇地问。

"那是一个大棚子,里面有许多小间,每个隔间可以容纳我们整整一个家庭。两条腿的小猪们确保我们不缺乏任何东西。他们在固定的时间里,为我们提供可口的食物,像是麦粉、麸皮、橡子和美味的泔水,泔水里盛满了烂苹果和要坏掉的土豆。不仅如此,他们还拿着水管把我们洗得干干净净。"

"他们悉心照料我们,让我们干干净净、光滑锃亮。为了防止我们在离开棚子到外面散步时摔倒在台阶上,他们甚至特地建造了一个斜坡——我们的蹄子走在上面再也不会打滑了。"

大自然母亲得意地评论道:"好吧,好吧,我想,这次我是梦到并创造出了世界上的所有动物中最富有理性的动物。现在,我的孩子们,我困了,希望能打个盹。但我希望你们能随时给我反馈。这样,你们过个一千年再过来找我吧!晚安。"

一千多年过去了,大自然母亲再次苏醒时,刚伸了个懒

腰，就发现小猪就在自己的鼻子前，小猪见了她，立刻像个疯子一样对她大喊："妈妈，我们被背叛了，被背叛了！"

"什么意思？"

"那些我们称为两脚猪的生物，他们才是怪物，真正的怪物。他们对我们很好，把我们洗得干干净净，让我们吃饱，把我们养胖，但你知道为什么吗？"

"不知道。为什么？"

"他们是要吃我们！当我们胖到一定程度的时候，他们就会把我们的脚绑在一种能拖拽的铁链上。铁链升起时会发出可怕的哐当声，他们呢，忙着割开我们的喉咙，给我们放血，把我们四分五裂又把我们变成碎块。我不想去谈论这些碎片是如何加工的；我只想说，我们被变成了许多东西，他们似乎把这些东西称为肉肠、火腿、蹄髈、香肠干等等，我们身体的每个部分都被分类利用了。恐怖啊，太恐怖了！而你向我们承诺，你会在梦中创造出世界上最有理性的动物。唉，他们用这样的理性来吞掉我们，而且是让我们主动配合着被他们吃掉。哎呀，妈妈啊，你也出卖了我们！"

现在你们会想知道，面对这种发自内心深处的绝望的斥责，大自然母亲有何反应——没有人会相信——她什么也没回答，只是用两根手指夹住小猪，把他轻轻放在地上，然后转过身去，又睡过去了。

妈妈的梦境是怪物们的摇篮

总是犯困的能干消防员

十亿年前，在巴西的一座森林里，由于火灾频发（毕竟森林就像是一个巨大的木材仓库），便成立了一支消防队。这支队伍由树懒指挥，成员包括睡鼠、土拨鼠、鼹鼠、仓鼠和类似的一些动物，他们都以懒惰和贪睡著称。现在，你们别来问我为什么偏偏是这些动物被任命为消防员，而不是那些比他们更聪明、更敏捷的其他动物。说实话，我真的不知道。十亿年已经很遥远啦，谁知道当时的情况到底如何呢？

就说当时的某一天晚上，消防队长树懒正准备要上床睡觉。我们这可怜的树懒当天二十四小时中只睡了二十个小时，他觉得困得要死。说到这里，大家必须知道，树懒有一种相当有趣的睡觉方式：他会用四条腿上的爪子紧紧抓住一根很高的树枝，然后就这样背朝下、腹部朝上，悬空睡着。他用这种懒洋洋的姿势，每天睡上二十三个小时。在他唯一清醒的时间里，树懒会去吃从树上摘下来的花朵和树叶。即便这样，他仍然常常困得直打瞌睡，嘴里还含着些叶子跟小花儿。

为什么树懒那天晚上睡得少了？因为他接到了一声关于失火的呼救。有人喊了他的名字，就喊了一次，然后就没再喊了。树懒以为自己听错了，等了三个小时也没有等到再次呼救确认。最后，树懒认为这是个恶作剧（即使在巴西的森林里，也有一些无所事事的家伙喜欢呼叫消防队，不为别的原因，只是因为想看到他们跑起来），他就摆出了先前描述的

在鲸鱼非常非常小的时候——莫拉维亚的动物故事集

那种睡觉姿势,头朝下,爪子朝上。突然,他牢牢抓住的那棵树开始摇晃起来,就像发生了地震一样。在摇晃之间,一个浑厚的声音叫道:"树懒,树懒。"

树懒认得出这个声音——那是眼镜熊的声音,眼镜熊体型庞大,在森林里为消防队履行着类似信使的职能,也就是说,他基本上充当了我们现在的"电话"这一角色,传递大家的口信。眼镜熊可以说是非常闲散的那一类动物:他会在十月左右进入冬眠,到四月前后醒来,这严重影响着他的工作。因此,关于眼镜熊,大家也会自然而然地不得不产生这样一个疑问:"为什么要把这项必须及时、迅速完成的任务,交给这样一个一年中有六个月都在睡觉的人?"我还是只能给你同样的回答:亿万年前的事情,你自己想吧。

树懒感到恼怒,他正准备上床睡觉,却被叫了起来,便不客气地问道:"眼镜熊,你告诉我你碰上什么事儿啦?你差点就让我从树枝上掉下来啦。"

"在一个叫'幸福梦乡'的地方发生了非常严重的火灾。"

树懒刚想反驳:"这跟我有什么关系?"但他适时地想起自己是消防队长,于是问道:"'幸福梦乡'是哪里?"

"你应该很清楚:那是一间豪华酒店,有游泳池、高尔夫球场、保龄球馆、马场、舞厅等等。"

"的确有所耳闻。是你三个小时前喊我的吗?"

总是犯困的能干消防员

在鲸鱼非常非常小的时候——莫拉维亚的动物故事集

"是的,是我。"

"那你后来怎么就没再喊了呢?"

眼镜熊有些尴尬地回答道:"哦,我那时突然犯困了。你知道,这么热的天,我就眯了一小会儿。"

"对了,谁告诉你着火了的?别告诉我你当时是在'幸福梦乡'现场,我可不会相信。"

"我的确没去过那儿。是犰狳告诉我的。"

"是他?那他亲眼看到大火了吗?"

"我想是的。"

"犰狳呢?"

"他去睡觉了。"

树懒犹豫了。一方面,责任感告诉他,他应该去看看"幸福梦乡"到底出了什么事;另一方面……另一方面,他几乎又要睡着了。最后,还是责任感占了上风。

树懒说:"好吧,我们得去看看。这里离'幸福梦乡'有多远?"

"大约一百公里。"

"我知道了!"

于是,森林消防队在反反复复的犹豫和敦促之后,出发了,准备去扑灭这场正在摧毁巴西最豪华汽车旅馆的大火。一路上,就像消防员赶时间时发生的那样,从灌木丛中钻出

了许多鼹鼠、睡鼠、旱獭、仓鼠、松鼠和其他以贪睡而出名的动物。他们偶尔会在一片空地上停下来,随即都会打起盹来。树懒的责任感与强烈的困意作着斗争,他试图在半路上鼓舞他们:"伙计们,你们知道现在不是睡觉的时候,而是该行动的时候吗?燃烧的熊熊大火是不会等我们的!从现在起,我们必须不眠不休。好嘞,请跟着我一起高呼:清醒万岁,困意退散!"他用如雷般的声音宣布着,但由于睡意袭来,"清醒"一词在他的嘴里说了一半就断掉了。他说:"清……"然后立刻就弯着腰搭在了他发言的护栏上,睡着了。看到他们的队长站着就打起了呼噜,所有消防员都毫不犹豫地模仿他。纪律严明是什么意思!

他们睡了几个星期,然后继续向着"幸福梦乡"前进。他们每天都午睡很长时间,然后几乎要再睡上一个晚上,中间只有一个多小时的时间用来赶路。当然,他们其中有的睡得多,有的睡得少;有的睁着一只眼睛睡觉,有的一边走路一边睡觉——没人知道他是怎么做到的。最后,树懒发明了他自己的睡眠方式:他一部分、一部分地睡。也就是说,他让身体的各个部位轮流休息,而其他部位则保持清醒。例如,这会儿是爪子,过会儿是耳朵;这会儿是尾巴,过会儿是喉咙;这会儿是背部,过会儿是腹部。我已经听到有人在问:那大脑呢?好吧,我还是不能给你一个准确的答案。正如我

已经说过的，所有这一切都发生在十亿年前；那么，谁知道像树懒一样的睡懒觉的人的脑袋里在想些什么呢？

总之，经过一个多月的"长途"跋涉，在更多的消防员，比如旱獭、睡鼠和鼹鼠都陆续加入了行进队伍之后，你猜猜树懒和同伴们在森林空地上遇到了谁？不是别人，正是犰狳，那个传说中"幸福梦乡"火灾的目击者。毫无疑问地，所有人都围着犰狳询问："犰狳，给我们说说事情的真相，说啊，说啊，你是亲历者和见证者啊！"犰狳坦率地说："说实话，我没有去过'幸福梦乡'。关于火灾的消息，是……蜗牛告诉我的。"

听到这个回答，大家都很沮丧。众所周知，蜗牛是一种非常慢的动物，它很可能花了好几年的时间才走完那距离"幸福梦乡"一百多公里的路程。因此，很显然，等怠惰的消防队赶到火灾发生地时，火灾应该不仅已经结束，而且早就被淡忘了。然而，树懒立刻说道，无论如何都还是得去。"不为别的，"他补充道，"只为用我们的团结一致，给那些无家可归的可怜居民们带去一些慰藉。"

就这样，队伍继续前行，在此我们不做更多的赘述，只想说，在遇到犰狳后，又过了几个月，消防员们终于到达了"幸福梦乡"。他们本以为会看到大火肆虐后的荒凉景象，但却惊奇地发现，这里一点儿被火烧过的痕迹也没有。原先高

雅、房屋众多的豪华汽车旅馆不见了，取而代之的是一个巨大的方形围墙，没有门也没有窗，每个角落都有一个瞭望塔。看不到活物也听不到声音。也许如树懒所说，那些汽车旅馆的原先的居民被关进了那个巨大的围墙里，但这也没法确定。

树懒试图解决他的困惑，他说："都过去五年了，很明显，他们已经重建了汽车旅馆。"

眼镜熊也表达了相同的感受："他们重建得并不好。以前要好得多。你是想说这个吧。"

一只旱獭插话道："从前那可真是一个幸福的梦，现在看起来就像是一场噩梦。"

犰狳婉转地说："不过总比什么都没有强。"

树懒做了如下总结："不仅大火被扑灭了，而且大楼也重建了，尽管是按照现在流行的方式重建的，这一点还有很多值得商榷的地方。但是，俗话说得好：众口难调。他们喜欢，我们也不要再指指点点了。"

突然，一只仓鼠用他不高的声音喊道："但谁告诉你他们喜欢的？你问过那里面的任何居民吗？"

非常有道理的异议。他们很快安排好一部分伙伴围着建筑转了一圈，并在可能的情况下采访其中的居民。这花了他们几天时间，因为正如他们后来所说，也许是这个提议太单调乏味，他们不止一次地打起了瞌睡。不过，他们的回答很

坚决：围墙四面没有一个活物。即使有居民，大概也在围墙里。可是，话说，那些居民是怎么进去的呢？

树懒挠了挠头，然后说："依我看，是他们让自己建到里面的。就像有个裁缝给客人身上缝制衣服一样。"

至此，故事的结局有了分歧。真是对我的挑战啊，关于十亿年前的东西！有人说，消防员们放弃了，回到森林中睡他们的大觉去了。但也有人说，树懒就留在了"幸福梦乡"那儿，悬挂在环绕着巨大围墙的森林中的某棵树上。他沉浸在无尽的睡眠中，等待着围墙里燃起不可避免的大火。是的，火灾迟早会发生，树懒这次可不想再措手不及。

顺着扎伊尔的河流

亿万年前,在扎伊尔的一个森林里,有着一只极富生活经验和智慧的猩猩。猩猩快死了,在临终前对他的儿子小猩猩说:"我一生辛勤劳作,却什么也没能留给你。这就是老实人的命运。不过,爸爸虽然没有什么财产留给你,但作为替代,我给你一个非常有价值的忠告:如果你想在生活中过得好,那就得要顺其自然。记住:无论遇到什么情况,顺其自然就好。"

小猩猩问:"顺其自然是什么意思?"

猩猩回答说:"意思就是顺从多数人的意见,跟着大伙儿的意愿行事。看看我们的扎伊尔河,河上所有漂浮移动的东西都顺流而下。"

"那会流向哪里呢?"

"朝着目标前进。"

"目标是什么呢?"

这下,猩猩沉默了一会儿。最后开口:"目标,目标……嗯,目标就是你在森林里走了很久很久之后找到的东西。如果你找到了蜂蜜,那么目标就是蜂蜜;如果你找到了香蕉,那么目标就是香蕉。"

"要是我什么也没找到呢?"

"那么目标就是什么都没有。"

这时,小猩猩又问道:"你还有什么要告诉我的吗?"

猩猩回答说："对，还有一些谚语，也是我要给你的建议：言而无信是懦夫；擒贼先擒王；祸不单行；养兵千日，用兵一时；魔鬼的面粉能做出美味的面包；言语是银，沉默是金，谚语是白金；谎言都有一双很长很长很长的腿。"

猩猩说完这些后，又说了其他一些话，不久就死了，他从他居住的那棵树上掉了下来，掉进了一摊沼泽，永远地留在了那儿。过了些时日，小猩猩去找他妈妈，说："妈妈，我要走了。"

"你要去哪里？"

"我要朝着目标前进。"

"怎么去？"

"顺流而下。"

"好吧。"妈妈叹了口气，"希望你的目的地附近有一家布店。我想要买两条双人床单和配套的枕套，还有八人桌布跟餐巾。"

小猩猩答应妈妈，一旦到达目的地，他就会去把这些东西都买回来。接着便穿过森林，朝着扎伊尔河的方向去了。

扎伊尔河有多远呢？这么说吧，从一棵树跳到另一棵树，得要跳跃几千次。就这样，小猩猩跳啊跳、饿了就吃浆果和嫩芽，终于到达了目的地——那是一片在树叶间几乎看不到的水面，神秘而又波光粼粼。他加快了脚步，或者说，他又继

顺着扎伊尔的河流

续跳了起来，边跳边向外张望，终于看到了爸爸过去常常向他描述的那条一望无际的河流。不过，他突然发现了一个问题：那看不到边际的河面像是镜子一样，没有一丝波澜。河水一动不动，就没办法辨别水流的方向是向右还是向左。所以，如果不知道水流的方向，又如何顺着水流前进呢？小猩猩沉思了许久，也没想出个所以然，便转头去问旁边一只在沙滩上晒太阳的鳄鱼："你能告诉我河水往哪里流吗？"

鳄鱼眨了眨眼睛，用洞悉一切的口吻回答道："多奇怪的问题！河水不都是顺流而下吗？"

小猩猩的疑惑未得到解答，又去向河马请教同样的问题。河马站在水里，只露出个鼻尖。河马回答道："哈，好问题，跟着我走。"

"这是什么意思呢？"

"河马往哪儿移动，水就往哪儿跑。"

小猩猩只好再去询问在树顶上沉思的秃鹫。秃鹫花了一些时间才回答。他说道："通过最新的深入研究，几乎可以肯定，水是想往哪里流就往哪里流的。"

就这样，沮丧的小猩猩坐到河岸边，等待着——总有事情会发生吧！嘿！果然，河面上出现了一条木筏，木筏是由许多圆木绑在一起做成的。木筏上，一些皮肤黝黑的人伴随阵阵鼓声欢乐地扭动着。他们在跳舞。小猩猩注意到木筏也

顺着扎伊尔的河流

在移动着,因此他认为木筏是在随着水流的方向前进。这让他下定了决心。他跳进水里,游向木筏又爬了上去。随即,他发现那些皮肤黝黑的人是一家身材矮小的俾格米人,由爸爸、妈妈带着两个孩子,他们正乘坐这条简易的小木筏顺流而下。热情好客的俾格米人很欢迎小猩猩并给了他些食物。接着便聊了起来。小猩猩问道:"你们随波逐流吗?"

"一向如此。"

"无论如何?"

"没有例外。"

"你们去哪里呢?"

俾格米男人挠了挠头,然后回答说:"嗯,往这里、往那里。就我所知道的来说就是朝着目标前进。"

小猩猩也不想再知道更多了。在那天之后,又过了很多天,每天都过得一模一样,每天都很快乐,俾格米人除了跳舞、唱歌、喝酒和吃东西之外,什么也不做。多么幸福的生活啊!多么无忧无虑的生活啊!小猩猩也一起跳舞、唱歌、喝酒、吃东西,同时,他的内心也再没有停止过对大猩猩的赞美——是爸爸给了他"顺其自然"这个宝贵的建议。

但有一天,天气很糟糕,河水流向了一个斜坡,开始变得湍急汹涌。这是怎么回事呢?很简单,扎伊尔的急流因其危险性而闻名。但俾格米人不在乎。他们在船上放了一桶棕

榈酒,依旧只顾着喝酒、跳舞,同时还唱道:"随波逐流,永保平安,你与人潮同行。逆水行舟,感受如何?你孤立又彷徨。"

小猩猩也愿意相信,只要顺着水流走,就不会发生任何事情;但不幸的是,事与愿违。这会儿,木筏在尖利的岩石和泛着泡沫的漩涡之间飞来撞去——急流一个接着一个——每当遇到一个急流,喝得酩酊大醉的俾格米人都欢呼雀跃。小猩猩紧紧抓住木筏上的烟囱,这是他的救命稻草。

结果,又一次更可怕的急流来了,木筏从一块岩石弹到另一块岩石,在下落过程中,固定木头的绳子断了,俾格米人、小猩猩和木筏上的所有东西都掉进了水里。小猩猩感觉自己在水里不知转了多少圈。后来,水面慢慢平静下来,被推到高处的小猩猩在阳光下,看到了蔚蓝广阔的大海。

这下该怎么办呢?小猩猩看到不远处有一块木筏的残骸随着波浪摇晃,他划了几下水,爬了上去。一登上木筏,他就立刻意识到自己的处境非常严峻,甚至可以说是绝望。没错,正如他所看到的,大海不像河里那样只有一股水流,海水朝着四面八方不停涌动,这么看来他根本不可能向着某个目的地前进。他抱着的那根木头,一会儿朝向一边,一会儿转向另一边;一会儿向前,一会儿向后。另外,大海也不像河流那样有个岸边——大海浩瀚无垠,到处都是中心而不见彼

顺着扎伊尔的河流

岸。小猩猩断定，如果没有救援，他很快就会饿死在那根没有方向的圆木上。

小猩猩在海上不知过了多久，他紧紧抱着这根圆木到处漂流，偶尔逮着机会吃到些小鱼和海草。木头在波浪中忽上忽下，忽停忽起。白天接着黑夜，黑夜又连着白天，小猩猩的漂流似乎永远没有尽头。

而此刻的大海不再蔚蓝，而是变得灰蒙蒙的，温暖的阳光也冷了起来，迷雾和雨水让习惯了非洲阳光的小猩猩冻僵了。直到有一天……

这一天，来了一艘钢铁制造的轮船。轮船的烟囱冒着滚滚黑烟，在离圆木不远的地方停了下来——一艘救生艇被放进了海里。体力耗尽、奄奄一息的小猩猩被吊上轮船甲板，带到一间船舱里。

随即赶来迎接他的是船长先生。小猩猩这下再也不冷不饿了。船舱里开着暖气；小猩猩吃上了一顿丰盛的早餐，又是香蕉、又是菠萝。他高兴地对船长说："谢谢你把我从死亡线上救了回来。但我现在在哪里？"

"在一艘英国轮船上。我们此刻已经驶入泰晤士河河口，正逆流而上，驶向伦敦港。"

小猩猩感叹道："我们现在正在逆流而上。"

"没错儿。"

"但是,这是怎么回事呢?"

"很简单,因为我们的机器能够产生的动力。"

"如果继续这样逆流而行,我会怎么样?"

"你会被送到伦敦动物园的园长手中,享有一个舒适的大笼子。毫无疑问,你将会成为动物园里最大的亮点之一。"

可怜的小猩猩独自泪流满面:他的冒险之旅就这样在动物园的笼子里终结了!哭了很久之后,小猩猩拿起笔,给妈妈写了一封信:"亲爱的妈妈,附近暂时没有布店,要是我到了伦敦,我会看看动物园附近有没有。

"这会儿,你可能想知道我发生了什么事。我就长话短说吧:

"我曾顺流而下,结果砸到了礁石上;我又随波逐流,差点饿死冻僵;最终我逆流而上,就被关进了笼子里。"

驱逐亚当和夏娃

十亿年以前，有一条蛇，因为伶牙俐齿又胆识过人，被称作"法律顾问"。一天，他心事重重地沿着一条美丽的小河前行，小河的河水像玻璃一样清透。蛇为什么如此心事重重呢？因为有个叫耶和华的园丁请他帮忙，去那个著名的地方搞定他的一桩烦心事。蛇当时是接受了，现在又后悔了，想从中开溜——这种事情就像农民的馅饼，没完没了。但耶和华答应给他一篮子新鲜的无花果，刚从树上摘下来的那种。蛇非常喜欢吃无花果，尤其是新鲜的，他不想放弃。这该怎么办好呢？

话说回来，耶和华请蛇帮忙的事情是什么呢？是这样的：很久以前，耶和华有个现在看来非常不明智的想法，他邀请亚当和夏娃到他美丽的伊甸园去做几天客。他为什么想邀请这两位呢？因为他很孤独，非常孤独。当他说"我"的时候，没有人回答他"你"。而亚当和夏娃，一直以开朗闻名，所以，耶和华想当然地认为，他们将会给他很好的陪伴。

但他没有想到，亚当和夏娃是两个没有艺术细胞又没有边界感的流浪者，他俩除了弹吉他、跳舞、唱歌，其他什么都不会。这两个年轻人来到了耶和华的美丽花园之后，便决定再也不离开。两百万年过去了（那时时间过得真快），这两个坏人还在那里。他们在做什么呢？什么也没做，完完全全什么也没做。或者说，他们弹吉他、跳舞、唱歌，用伊甸园

里那些美丽的花朵编织花环。有时，当他们放飞自我时，还会玩警察抓小偷的游戏：他或她其中一个躲起来，另一个则四处找寻。

好了，这两位客人不停延长逗留时间，甚至超过了体面的程度（他们如今已经逗留了五千万年），耶和华先是客气地、然后越来越坚持地试图让这两人明白，他们的存在不再受欢迎。此外，这两位客人对工作的蔑视也冒犯了他。耶和华是一个伟大的劳动者，伊甸园就是最好的证明，那里有庄稼、鲜花、果实、树木和各类植物。可以说，所有这些都是这位园丁辛勤培育出来的，完全是从无到有。所以，从他们到来的时候起，耶和华就提议他们跟他一同在花园里工作。他以为他们会接受，因为看到他们也非常喜欢这个花园。但他很快就意识到自己错了。

"让我们工作？为什么？我们就是来享受生活的。既然你这么喜欢工作，那你就工作吧！"

"但你们也在享受这个花园，不是吗？那就帮我把它弄得更漂亮吧！"

"可不哦！每个人都得要做自己最喜欢的事。你喜欢工作，那就去工作。我们喜欢弹吉他、唱歌、跳舞，所以我们弹琴、唱歌、跳舞。"

"但如果你不工作，你就没饭吃。"

驱逐亚当和夏娃

"'吃'是什么意思?"

要理解最后这段对话,我们需要知道,在那个时代,大家都吃东西,但除了亚当和夏娃这两个人之外。大家吃变形虫、吃昆虫、吃鱼类、吃爬行动物、吃哺乳动物,但亚当和夏娃,只有他们两个,不知道什么是吃。从来没有人跟他们说过,而这些事情也都是习惯问题。所以他们有弹奏、唱歌、跳舞的习惯,至于"吃",他们没有这个习惯。

所以当夏娃问:"什么是吃呢?"耶和华咬了咬舌头,困惑地说:"呃,就是一个说法。它没什么意思,什么意思都没有。对了,这里有一些草,可新鲜、可新鲜了,是我今天早上为你们采的。"想象一下这两个人。他们接过草就又消失了,没有再追问关于吃的问题。就这样,又过了两百万年,这两人依旧没有与耶和华达成共识,耶和华绝望了,就去找蛇了。我们已经说过,蛇的口才和说服能力是众所周知的。耶和华向他解释了情况,最后说道:"以目前的情况来说,我没有理由把他们打发走啊。我们不得不承认,他们表现得很好——弹奏、唱歌、跳舞有什么不好呢?你必须说服他们做一些违禁的事,这样我才有借口把他们送走。"

蛇用尾巴挠了挠头,然后说道:"亚当和夏娃是所有动物中唯一不吃东西的,不仅仅是不吃,他们甚至不知道什么是吃。好吧,我就告诉他们吃点东西,比如苹果树上那颗漂亮

的红苹果。然后你过来，数数苹果，发现竟然在眼皮底下少了一颗，你却没看见。这么做不错，我觉得。"

耶和华回答说："你真是个天才。我怎么就没想到呢。总是这样：解决问题的办法就在你的眼皮底下，而你却没有发现。这么做不错，可行。"

"那就这么说定了。费用包括杂项开支，给你一篮子刚从树上摘下来的新鲜无花果。可以吗？"

"太好了！"

这就是为何蛇在河边费心思索的来龙去脉——蛇正在思考如何才能免去前往伊甸园的乏味和劳累。突然，在清澈的河水中，他看到一条鳗鱼在睡莲的茎秆之间甩着尾巴，寻找蝌蚪和其他能吃的小生物。蛇想道："鳗鱼长得真像我——我们都没有腿，也没有胳膊，我们的行动方式也一样，我在地上爬，鳗鱼在水里游，谁能不把我们认错呢？此外，耶和华不知从何时起变老了，变得非常老，只是，像所有老人一样，他固执地拒绝承认这一点，所以，尽管他几乎看不见了，也没有戴上眼镜。因此，要是让鳗鱼代替一下我，他也不会注意到。鳗鱼会向亚当和夏娃解释'吃'的含义；他俩会吃下苹果；如此，耶和华就有借口把他们赶出伊甸园。然后，等事情办完，我再不急不忙地来拿那篮无花果。至于鳗鱼嘛，我就给她一锅蝌蚪，她会非常满意的。嘿，鳗鱼，我跟你说，

驱逐亚当和夏娃

鳗鱼!"

鳗鱼听到有人叫她的名字,立刻游到水边:"你在喊我吗?"

"是的,就在喊你,最亲爱的鳗鱼,你得帮我一个忙。"

"洗耳恭听。"

"听我道来……"蛇快速地解释了一切——这是他的强项。但是鳗鱼迟疑地说:"我……我很害羞,我不会说话,更别提去说服别人了……"

"没关系。你只要对他们说:'你们两个听一下:你们有没有试过吃东西呀?'然后你就简单地跟他们解释下怎么吃东西,再指给他们看某种水果,比如苹果。耶和华有一棵苹果树,树上至少结着一百颗苹果。随后,你拿下来就可以走了。等一切做完,也就是苹果吃完之后,我会不急不忙地来解决所有问题。至于你,我会给你一锅美味的油炸蝌蚪。怎么样?"

鳗鱼很害羞,但蝌蚪太吸引她了。所以,最后,她觉得即使她很害羞,她也可以说:"听着,伙计们,你们试过吃撑吗?"唉,和所有动物一样,鳗鱼也很贪吃,对她来说,吃就意味着用食物把肚子塞得满满的,直到几乎撑破肚子为止,换句话说,就是吃到撑。

就这样,鳗鱼同意了蛇的提议。她沿着河流来到了伊甸

园——那个耶和华的绝妙作品。当她到达时，立即发觉自己到了目的地，因为景色发生了变化。在此之前，沿途是最普通的乡村田野。而这下，她眼前突然出现了鲜花点缀的灌木丛、郁郁葱葱的植物、结满果实的树木，这些都是她以前从未见过的。鳗鱼心想："这个耶和华可真是个非常非常出色的园艺家啊！"伴随着惊讶和赞叹，她继续向前，最后，小河流进了一个美丽的池塘，圆形的池塘里湛蓝色的池水清澈见底，像一块宝石一般，池塘四周环绕着一圈又一圈令人愉悦的小树林。耶和华正在温室里工作，周围生长着他的那些多肉植物。鳗鱼说道——她试图让自己的声音带点蛇的咝咝声："我来啦，我是蛇，那两个人呢？"

耶和华听到了这个声音，转过身来，但由于他没有戴眼镜，误把鳗鱼当成了蛇，回答说："最亲爱的蛇，你终于来了！我一直在等你。嗯，那两个人在种着蔬菜的山洞里，就在那边、在湖的对面。他们跟往常一样，在弹吉他呢。你去吧，祝你好运。"

鳗鱼潜回湖里，游到湖对岸，爬到岸边，向种着蔬菜的山洞望去。他们俩并没有像耶和华说的那样在弹吉他。他们在睡觉。两人相互依偎着，在那片令人愉悦的树阴下，在轻柔的音乐声中（在伊甸园里也是有音乐的），他们还都打着呼噜，尽管方式不一样：亚当的呼噜声很有力，几乎是凶猛

驱逐亚当和夏娃

的；夏娃的呼噜声较轻，几乎听不见。鳗鱼看着他们，她很抱歉要吵醒他们——他们睡得那么香。最后她想到，只叫醒夏娃吧，她温柔的样子让她放心。正当她准备用尾巴挠一挠夏娃的左耳时，夏娃自己醒了过来，看到她便招呼说："你好呀，鳗鱼，什么风把你吹来了？"

鳗鱼只想尽快离开。她说："我是偶然来到这儿的，先前我正在追一只我认识的青蛙，可以说，我一直在追捕它。不过，说到狩猎和青蛙，你们俩有没有试过吃撑呢？"

鳗鱼说的是"吃撑"，而不是"吃"。由于她不是蛇，不知道一个词和另一个词之间的区别，所以换了词就让整个灾难发生了。夏娃的眼睛瞪得大大的，她立刻好奇地问，所谓的"吃撑"到底是什么意思。鳗鱼向她解释，意思就是把她的肚子填得鼓鼓的。然后，鳗鱼说她很忙，便用一句"再见，祝吃饱！"道了别，跳回湖里去了。她游到生长着多肉植物的温室，迅速通知耶和华："任务完成。在夜幕降临之前，苹果肯定会被吃掉，这样你就可以把他们赶走，而不会让他们觉得你在做不义之事。"耶和华回答说："蛇啊，谢谢你。不过，关于那篮无花果，请你耐心等待，我还没有打包好。你等一百万年后过来拿吧。"实际上，耶和华了解蛇，他并不信任蛇，他知道蛇很有能力，也知道他为了一筐无花果，能把还没开始的事情给结束掉。鳗鱼就更不用说了！她只想赶紧

在鲸鱼非常非常小的时候——莫拉维亚的动物故事集

离开,她对无花果不感兴趣,相反,她渴望吞下那盒炸蝌蚪。她急忙说:"明白、明白!一百万年?哪怕一百五十万年都行。好了,我赶时间,我要走了。"于是,她纵身一跃,消失在湖中。

她顺着河水一直游到了河口,到达了与蛇的会面地点,并向他详细报告了她访问伊甸园后的情况。但是,不知是忘了,或是隐隐意识到自己的错误,她没有提到,在匆忙中,她把"吃"这个动词换成了粗鲁的"吃撑"。蛇很高兴,把说好的报酬递给了她:满满一锅刚炸好的蝌蚪,热气腾腾。鳗鱼连忙跑到锅前,亲自表演了那个著名的词——"吃撑"。以至于到最后,她看起来更像以好胃口而闻名的大蟒蛇,而不像瘦骨嶙峋的蛇。鳗鱼对蛇说:"谢谢你,让我如愿以偿。我真的是饱餐了一顿。现在我要去我的私人洞穴去消化消化了,就在河的最底下。再见,多保重。"

就蛇自己而言,他并没有不急不忙地领取他不应得的报酬。一百万年终于快过去了,在最后一年的最后一个月的最后一天的最后一小时的最后一分钟的最后一秒钟,他冲向了伊甸园,心里期待着那一篮子无花果。是的,无可比拟的无花果!他到达通往伊甸园入口的小径时,眼前呈现出一片荒凉的景象:曾经挂满一串串白葡萄紫葡萄的葡萄藤上,只剩下弯弯扭扭、光秃秃的枝条了;曾经的果园里,除了叶子还

驱逐亚当和夏娃

是叶子,没有一颗果实的影子;也不说曾经的麦田黄澄澄、毛茸茸的,让人联想到一张长着长胡子的脸——现在的田野里,都是些长长的、枯萎的秸秆,不再有西瓜,不再有黄瓜,也不再有甜瓜了。那么生菜、莴苣、莴笋呢?那么洋葱和大蒜呢?那么所有那些地下的东西,比如土豆、胡萝卜、甜菜、萝卜呢?全都没了,没了,像是被洗劫一空!蛇立刻意识到大事不妙,他立刻决定放弃无花果,溜之大吉。但来不及了。就在多肉植物温室(似乎是唯一没有被动过的地方)外面,耶和华出现了。他这次戴了眼镜,右手紧握着一根棍子:"啊,是你!你还敢现身。来为你的背叛讨回公道吧!嘿!"

"可我……"

"你当时跟我说:'我会让他们吃一个苹果,就一个苹果,给你一个赶走他们的借口。'但你却让他们把整个花园的东西统统吃光了!你想要无花果,嗯?你去问他们吧,他们吃得太多了。是的,大吃特吃。夏娃比较天真,她告诉我:'鳗鱼过来跟我说:"你们两个,有没有试过吃撑?"'我这才知道,原来你根本就没有亲自过来。你利用我的近视,派了那个傻瓜鳗鱼来假装你!

"你是个骗子、扯谎精、小偷。而我正是要驱赶骗子、扯谎精和小偷,暂不论亚当和夏娃,我现在要把你驱逐出我的伊甸园。它曾经是一个真正的天堂,现在却像一个荒郊野岭

的垃圾场。你滚开！滚！滚！"

说罢，耶和华挥起手杖向蛇打去。蛇被打得遍体鳞伤、鲜血直流、半身粉碎，好不容易才躲过一死。所幸耶和华在暴怒之下，又把眼镜搞掉了，否则蛇一定难逃被打死的下场。趁着耶和华寻找眼镜的那一瞬间，蛇闪过了伊甸园的大门，从此再也没有人见过他。据说他逃到了地下、钻进了自己的洞穴，至今还站在那里，愤怒地咬牙切齿、无法复原——这难以愈合的创伤。

而耶和华呢，他当天就把他所有的东西和工具装上了一辆两头牛拉着的大车，一路上都在喃喃自语一句话："不是我就是他们，不是我就是他们。"这显然是在说亚当和夏娃。就这样，他重复着这句话，离开了伊甸园。据说，他向两位客人告别时，说了这样一句含义模糊但明显带有贬义的话："永别了，你们两个。亚当，世界开始了。"据说夏娃咄咄逼人地追问道："你什么意思？"他说："你不用操心。哎！吁！走吧！"就在伊甸园外，耶和华遇到了那对贪吃夫妇的两个年幼的儿子——该隐与亚伯，他们在田野里互殴。耶和华看了他们很久，然后无奈地摇了摇头，用手杖敲敲牛背，继续向前走去。

没有人确切地知道，将蛇逐出伊甸园之后，耶和华去了哪里。有人说他改名换姓了：他现在被称作"永恒之父"，并

驱逐亚当和夏娃

以这个名字，作为一位技艺高超的园艺专家，创造出一个比从前伊甸园美上千倍的花园。不过，也有人说，在两位悔过的前客人的偿还邀请下，他最终同意回到伊甸园，在那里安度晚年。现在，他正住在离生长多肉植物的温室并不很远的一间小屋里。但这都是猜测，因为再也没有人见过他。关于他，阿拉伯凤凰是这么说的：

每个人都说他在那里，但没有人知道他在哪里。

爱的谎言

几十亿年前，有一头野猪疯狂地爱上了一条石斑鱼。要知道，在那个时代，这样的爱情并没有什么特别之处。所有动物都和睦相处，相亲相爱，甚至还出现过以体型庞大而著称的大象，向一只以体型娇小而闻名的跳蚤求爱的情况。总之，当爱占据了主导地位，就不再有厌恶、敌意和仇恨。然而，即使是爱情也有一定的局限性。好比，当时已经有了海洋和陆地，海洋里的动物相互来往，陆地上的动物也是如此。事实上，有一句谚语可以追溯到那个时代："在大海和行动之间还需要不少交流。"如今，石斑鱼和野猪想违反这一规则，这又浓缩成了另一句著名的谚语："每个国家都有自己的谚语。"现在讲的，就是关于这个越界行为造成严重后果的真实故事。

石斑鱼住在一个宁静的海湾里，海水清澈湛蓝，而野猪住在一个山洞里，藏在森林深处。但他们都喜欢散步——石斑鱼在海里，沿着海边散步；野猪在陆地上，也沿着海边散步。就这样，他们相遇了，自然而然地开始交谈："你叫石斑鱼，对吗？""你叫野猪，是不是？""谁告诉你我的名字的？""鳕鱼，那个多事的家伙。谁告诉你我的名字的？""朗特拉，那个爱说闲话的。""今天天气不错吧？""不太好，要下雨了。""一起走走怎么样？""乐意之至！"等等。

长话短说，他们先是散了一次步，接着就是第二次、第

三次,最后他们就爱上了对方。石斑鱼觉得野猪那一身乌黑亮丽的毛实在太招人喜欢了,而野猪则为石斑鱼那双慵懒的眼睛而陶醉。你们要说了,不是还有个大海吗?是啊,大海把他们分开了。的确,有一句有名的俗话可以追溯到那个时代:"尾巴在海里,头在陆地上。"

从那天起,只要野猪一来到海边,石斑鱼就会立刻从水里露出粉红色的大脑袋,向野猪投去她那出名的深情一瞥;野猪则会为了向石斑鱼示爱,假想出敌人并低头发起一系列高超的冲锋。然后他们互相交谈、互相夸奖对方。比如一个说:"你的鳍真漂亮!"一个讲:"永远没有你的獠牙漂亮!"总之,他们真的很相爱。然而,不幸的是,他们之间还隔着大海,以至于当时开始流传这样一句俗话:"一个巴掌拍不响。"

最后,首先受不了的是石斑鱼。她在海底的一个大贝壳里有一栋漂亮的小房子,房子里面有三个房间,生活设施非常齐全。她想让野猪来和她一起住:"听我说,你为什么不到海边来,到我的房子里来,那儿离这里只有三千公里深。要是你知道我的小房子有多好就好了。"野猪不会游泳,但又羞于承认,他回答说:"真不凑巧,今天我的右爪得了风湿,不能接触潮湿环境。倒是你,你为什么不从水里出来,到我的房子里来做客呢?我的房子在一个高高的山洞里,离这里只有两万公里，里面也有各种舒适的设施。"石斑鱼和所有的鱼一样，没有长着脚，但她不好意思承认这一点，于是回答说："太不巧了，我的右脚小拇指上磨出了一个茧，我今天实在不想走这么长的路。"总之，他们互相撒了谎。此刻，他们的爱情既没有更进一步，也没有倒退。

事情就这样持续了几百万年。后来，石斑鱼和野猪各自为了自己着想，决定向一个专业的家族求助，他们都是游手好闲的闲人，正因为他们长期没有正事可做，才能有闲心管这些闲事。父亲被称为酒鬼，母亲被叫作吃货，儿子们是猎人和渔夫。而祖父似乎被称做农民，祖母被叫做挤奶工。这是一个出了名的笨蛋家族，尽管他们和所有动物一样有四条腿，但他们坚持只用两条腿走路，另外两条腿他们却不知道该怎么一起走。

总之，石斑鱼去找猎人，告诉他："我爱野猪，但他不想和我一起到海底去。你看看能不能想办法抓住他、迫使他跟我一起生活。"野猪对渔夫说："我爱石斑鱼，但她拒绝做我的妻子。看看你们能不能绑架她，把她带到山洞里来见我！"猎人和渔夫说他们会考虑的，但也只是考虑——因为他们太笨了，仅仅是考虑就花了十亿年的时间。不过，他们最终还是想出了两个可以达到目的的装置：猎人——一个捕兽夹；渔夫——一张渔网。

爱的谎言

猎人把捕兽夹藏在灌木丛里，野猪每天去海边都要经过那儿；渔夫则把网撒到海湾里，他知道石斑鱼会出现在那个地方。就这样，野猪被困住了，他站在陷阱里拉扯着自己的蹄子，却无法挣脱；石斑鱼被网裹住，尽管她无助地挣扎着，但还是被拖上了岸。然后，这对说谎的恋人终于到了真相大白的时刻：石斑鱼不得不承认自己没有脚；野猪不得不承认自己不会游泳。这是残忍的一幕。石斑鱼对野猪说："骗子，别让我再见到你！"野猪对石斑鱼说："撒谎精，我也不想再见到你！"然后，石斑鱼一跃身跳进了大海里；野猪飞奔着消失在了森林中。他们的爱情结束了。

你要问捕兽夹和渔网呢？猎人和渔夫兄弟俩不知道该怎么处理它们，因为石斑鱼和野猪已经不再需要它们了，于是他们就把这两件工具放到阁楼上去了，不再多想。但是，随着时间的推移，虽然这兄弟俩如我所说的那么愚钝，但他们也总算想到，他们可以将这两个发明用于我们现在所知道的"狩猎"和"捕鱼"。

不知道又过了几百万年，一天早上，石斑鱼和野猪在专业家族的餐桌上相遇：水煮的石斑鱼盛在长托盘里，配着土豆和胡萝卜，嘴里叼着一片柠檬；烤熟的野猪放在圆托盘上，配着栗子和蓝莓果酱。然后，野猪小声对石斑鱼说："宁可沉默着安度余生，也不要被油炸或清蒸。"石斑鱼则回答说："宁

可远距离用爱守护,知足尚可迈向前路。"从那时起,就有了这样一个俗语:"猎人和渔夫不知道石斑鱼跟野猪相配有多美妙。"

会变色的变色龙

某年某时,有只变色龙爱上了一只豪猪。但爱情啊,总是一个巴掌拍不响。此刻,变色龙确确实实喜欢豪猪;但豪猪又确确实实不爱变色龙。当豪猪悠闲地在草地上吃草时,变色龙一看到他,便冲了过去。结果这个可怜的家伙看到了什么?一个浑身是尖刺的圆球,缩在长满荆棘的蒺藜中。变色龙看着那个球,抽泣道:"猪猪,我钟情的猪猪,请你躺下,敞开心扉跟我交流吧。求求你了,请你跟我说说话,躺下来舒展开你的身体。"哎呀,这就是在白费口舌。对婚姻非常恐惧的豪猪一声不吭,依然蜷缩成一个球。变色龙伤心地走了,自言自语道:"长着那么多刺,却一点勇气也没有!"

够了,变色龙最终下定决心不再指望豪猪的回答。她跑去老巫医那里求神谕,老巫医脾气暴躁又沉默少言,住在深山老林里的一个山洞中。

听完变色龙的故事后,老巫医瓮声瓮气地说道:"变色龙、变色龙,他爱你;变色龙、变色龙,他不爱你。"

变色龙问道:"这什么意思?"

老巫医回答:"像撕掉雏菊上的花瓣一样,一根根拔掉豪猪身上的刺。"

简而言之,老巫医建议的挽回措施如下:趁豪猪蜷成一团的时候靠近他,接着像摘掉雏菊花瓣一样,一根根拔掉他身上的刺,口中要不停念着:"他爱我,他不爱我,他爱我,

他不爱我……"只要用了这个咒语，豪猪身上的刺就会变得像雏菊的花瓣那样，轻轻一拉就能拽下来。这样，豪猪以后就再也不能蜷成一团了。老巫医叮嘱："切记，拔掉的刺可再也不会重新长出来了！"变色龙耸了耸肩："这对我来说有什么重要的？我可不爱他的那些刺！"

就是这样。当豪猪吃草的时候，变色龙一下冲了过去，豪猪立即蜷缩成了一个球；变色龙便开始拔他身上的刺，口中念念有词地重复着："他爱我，他不爱我……"那些刺在这咒语之下，毫不费力地离开了豪猪的身体。

"他爱我，他不爱我……"最后，豪猪身上的尖刺被拔了个精光，他光得像只球状的蠕虫，或者说像一只蜷成球的蠕虫。只是，当变色龙看到那个粉嫩的软球，她失声尖叫道："可是这就不是他了，再也不是他了，老巫医啊老巫医，你应该告诉我，我爱他是因为他有刺，这可不是从前的他了，让我怎么再去爱他呢？！"

老巫医严厉地说道："尖刺之下就是精光的蠕虫。你难道不知道吗？现在，去爱你的虫子吧，别来烦我了。"

变色龙说道："唉！我也是事到如今才知道，实际上我爱的就是他的那身尖刺。"

老巫医反问："总之，你还是想嫁给被你拔光了刺的豪猪的，是或不是？"

会变色的变色龙

"一点也不!"

老巫医发怒了,诅咒道:"我要惩罚你!从今以后,无论你在哪里停留,你都会变成你身下东西的颜色,让每个人都知道你像根墙头草一样,轻易就会改变主意;你也将失去爱的能力,因为滥情的你将会见一个爱一个。"说着,他猛地一脚踹在变色龙的屁股上,将她踢飞到高高的天上。天上刚刚下过雨,地平线上挂着一道壮丽的彩虹,而被抛向彩虹的变色龙,正如老巫医所说,顺着彩虹变成了赤、橙、黄、绿、青、蓝、紫等颜色。她急速下降,落在一根金合欢树的树枝上,便变成了绿色,带着金黄色的圆点;接着她一个不留神,倒栽葱跌落掉在树下的玫瑰上,变成一抹火红;当她从花上下来,着陆到栽满了三色堇的花坛中时,立即变成了紫色,上面还有许多美丽的金色条纹。

从此,豪猪变成了没有刺的猪,也就是现在我们常见的普通的猪。不过他的豪猪兄弟们依然有着棘刺、还能缩成一团。

而变色龙,却难寻踪迹,因为她不管在哪里歇着,身体的颜色都会融入环境之中,可以说,几乎隐身了。比如说,要是她爬到你的头发上,就会变成你头发的颜色,你却不会发现,因为你看不见她。话说,你的头发是什么颜色呢?金色?还是黑色?

倘若永恒之父现在醒来

在还没有人的时候，我是说在有人类历史之前，也就是史前时代，世界是完全错误的。有个永恒之父（这是个奇怪的名字，没人知道是什么意思，事实证明他不是我们中的一个，谁知道他从哪里来的！），他是一位了解世界和宇宙的专家，在七天内创造了我们的世界。尽管他不是个新手（有人说他已经创造了三十亿个世界，有人说是五十亿个），但他真的弄错了，从头到尾。

想象一下，这里只有很少的陆地，几个小岛，剩下的都是海洋。动物们互相挤在一起，就像在上下班高峰的公交车上一样。想象一下，这些小岛上总是下雨，不下雨的时候就下雪，不下雪的时候也没有好天气。最后，想象一下，由于地震不断，小小的陆地除了摇晃还是摇晃，成片的大海总是狂风大作，海浪高得像房子一样。

更不用说天上了：乌云密布、电闪雷鸣，从来没有晴朗的日子，从来没有一抹蔚蓝。从那时起，人们就一直这样说：

"你们知道

还有什么新鲜事吗？

不是下雨就是刮风，

要么就是敲响了丧钟！"

但是，永恒之父不知道是因为没有很清晰的想法，还是手头事情太多，他把一切都弄错了，所有的一切，彻彻底底，

倘若永恒之父现在醒来

其中也包括动物。尽管当时在狭窄的小岛上，地面的空间很小，但永恒之父却把动物们都造成巨大无比的庞然大物。比如，今天的我们都知道，虱子是非常小的，以至于你的头发里可能有二十只虱子，而你却一点儿也察觉不到。嗯，就说我刚刚讲的虱子吧，那时候的虱子可大了，大到它那时甚至被误以为是众多岛屿中的一座，风雨来临时，许多动物都在那儿躲避，直到虱子恼羞成怒地警告它们："我不是一座岛屿，我是一只虱子。所以，请离远点儿，别来烦我。"

连虱子都这么大了，你们可以想象大象、鲸鱼、鳄鱼、蟒蛇以及其他许多以体型闻名的动物会有多大。不过体型庞大带来的烦恼，也远远不及失误带来的烦恼。每种动物都缺少一些东西，而恰好它们缺少的东西总是最重要的。单峰驼没有驼峰，大象没有鼻子，长颈鹿没有脖子，鹳鸟只有麻雀一样的小短腿，驴子几乎没有耳朵，狐狸没有尾巴，犀牛也没有角。

动物们当然很不高兴，只是它们敬畏永恒之父巨大的嗓门、双手和眼睛，所以都安静地站在他面前，夹着尾巴（除了那些永恒之父因为匆忙忘了造出尾巴的动物），我可以告诉你，不然的话，它们肯定会要反抗的。不过，它们也用俏皮话和双关语进行了反击。下面列举一些：

"你创造的另一个世界甚至都没有绕过你的这个世界。"

在鲸鱼非常非常小的时候——莫拉维亚的动物故事集

又或者（据说这首诗是某匹马的作品）：

"我才不管什么太阳月亮

和星星！

我只想要一条

赶得走苍蝇的尾巴。

或者残忍一些：

你每天创造一个宇宙，

每秒创造一个世界，

真让人着急！

难道你不知道

匆忙的母猫会让

小猫眼瞎吗？"

现在，你一定想知道，永恒之父是否意识到他自己搞错了。我想说，他知道又不知道。或者说，他内心深处是知道的。但因为他很在乎自尊，所以他不想承认。此外，他有太多的事情要做了。他要创造世界，即便不是每秒一个，也是几小时内就要完成的。除了大象的鼻子和单峰驼的驼峰，他还有很多其他事情要考虑。

但是，"匆忙的猫"这个说法让他勃然大怒。他正在创造他的众多世界之一——土星。他想做一个圆球，四周围绕着许多环。球往一个方向旋转，环在往另一个方向旋转。那会是

倘若永恒之父现在醒来

一个环形的世界。永恒之父甚至还想在里面播放音乐。他刚做好了第一个环,听到地球上传来的那段话,他生气了,把土星就那样抛在了天空,直到今天它还在那里,没有音乐,只有一个环。然后,他转身回到地球,大声喊道:"别再提那些故事了。现在我来处理你们的需求。但你们必须要有耐心,非常有耐心。我在七天里创造了这个世界,但似乎我有做得不对的地方。现在我要纠正我的错误。但我警告你们,这将是一件漫长的事情,因为你们数量太多,我不想再操之过急。差不多需要十亿年半。你们同意吗?"

动物们都回答愿意,于是它们便排了队,像一条无穷无尽的线,线从南极一直绕到北极。永恒之父坐在炎热的赤道上,轮到每只动物的时候,他都会询问、检查后再思考。他的旁边放了一块大黑板,配着粉笔和黑板擦,他试着把动物画成它们想要的样子,擦一擦、改一改再讨论讨论……总之,他慢慢地做啊做。因为这一次他不想再出一点差错,一点都不想。

结果,事情拖了很久很久,这对动物来说真是一种折磨。举个例子,想想看,永恒之父花了三百年才意识到大象必须有长长的鼻子、大大的耳朵和小小的眼睛。大象本来喜欢花哨的衣服,红底浅蓝花的那种。但是,经过几次修正和再三考虑,永恒之父决定:"你应该是灰色的,没有小花,就这样

在鲸鱼非常非常小的时候——莫拉维亚的动物故事集

吧。这里谁说了算，是我还是你们？"

但最终，动物们或多或少都得到了自己想要的东西。长颈鹿有了长脖子，驴子有了大耳朵，狐狸有了尾巴，乌龟有了壳子，水牛有了犄角，单峰驼有了驼峰，老虎的皮毛上有了条纹，袋鼠的肚子上有了购物时可以装东西的袋子，等等。

有些动物提出了奢侈的要求，比如想有红色的皮肤再配上小蓝花儿，永恒之父可听不下去了："这里谁说了算，是我还是你们？"当他这样大声叫喊时，那些动物就立刻闭嘴了。

永恒之父按它们原有的比例把每个动物都缩小了：巨大的变成了中型，中型变成了小型。针对虱子体型超大的问题，永恒之父给出了一个非常聪明的解决方案。他思考了一会儿，突然双手抓住虱子，猛地把它摔在地上，于是虱子便被摔成了成千上万的小碎片。这一粒粒小碎块就是现如今常见的虱子了。头上生过虱子的人都知道虱子有多小。

就这样，永恒之父预估的十亿年半过去了，再也没有排队的动物了。动物们快乐而满足地回到了各自所在的森林、海洋、高山或平原。永恒之父累极了，他伸了伸胳膊，打了个哈欠，自言自语道："这下谁说也不管了。我要去睡觉了，睡上个一百万年，谁也别想打扰到我。"

但就在这时，猴子来了，他是一种怪异的动物，大部分时间都在从一根树枝跳到另一根树枝上，他原先也跟其他动

物一样在队伍里,但只是在模仿。猴子喊道:"你对我不准备做些什么吗?哪里都不改变吗?你真的相信,你在我身上,没有像在其他动物身上一样犯错吗?"

我们说过,永恒之父非常累了。他挠了半天头,说道:"我看起来,你现在这样已经很好了。但我不想不公平。你说说看你想要什么,我会尽量让你满意的。"

猴子回答说:"我不知道自己想要什么。我感到一种不悦、一种不满、一种不安,这就是我的感觉。但我不知道我想要什么!"

永恒之父说:"不悦、不满、不安,那是什么?你是指什么呢?你得和其他动物一样,要求清晰的、明确的东西!你想要更长的尾巴、想要更多的角、想要更大的耳朵吗?如果你想在某些方面有所改变,那就说出来!但不要跟我说什么不安,因为那意味着你不知道自己想要什么。"

猴子回答说:"但事实就是这样,就是这样:我不安,但我不想要任何具体的东西。或者说,我想要的就一样。"

永恒之父说:"听听看呢。"

猴子解释道:"我想要改名字,我不喜欢叫猴子。"

"那你想叫什么呢?"

"我想叫'人'。"

"'人',什么意思?为什么?"

"因为我确信,在名字被改变了的同时,我自己也会跟着有所变化。我的不安来源于此。我觉得有了'人'这个名字,我就能有所进步,变得更聪明、更好、更优秀。"

永恒之父困得要命。他感叹道:"好吧,那就如你所愿:从现在起,你不再叫猴子,不过,你刚刚说叫什么来着?"

"叫'人'。"

"好的。人。你想怎么进步就怎么进步。我觉得进步没什么不好。然而现在,对不起,我要睡觉了。等我醒来咱们再见了。先约个五十万年后吧!再见,好好进步!"

于是,永恒之父就去休息了,留下猴子称霸王。猴子依旧不悦、不满、不安,顶着"人"的称谓,干起了各种坏事。此外,甚至最终,他还开始破坏永恒之父在七天内创造的那个著名的世界,而且他确信,很快,很快,他就会把这个世界变成一堆废墟。要知道,猴子是调皮捣蛋的,它们会激动,会粉碎一切、弄脏一切、破坏一切。

可是这时,永恒之父却在沉睡。也许如果他醒来,就能阻止猴儿,避免灾难。但他无能为力,他得沉睡五十万年——事情就是这样。最终,他会醒来,会看着这个世界,看见它变成一个垃圾场,他会用手捂住自己的头发,大喊:"太可怕了!究竟发生了什么事?"

羞愧难当、闷闷不乐的猴子,或者说,"人"会回答:"我

倘若永恒之父现在醒来

不知道。我只是感到焦躁不安、我心怀不满，我试图改变这个世界，让它变得更好，但却事与愿违。"

永恒之父不会在聊天中迷失。他会重新接手这个世界，给人一脚，把他踢得远远的。然后永恒之父会说："我将重塑世界，如此这般，但不会再有猴子出现。这将是我创造出的世界中最美丽的一个。这一次，动物们可以尽情释放自己的奇思妙想了，包括大象也能有红色皮肤配上小蓝花儿了！但是名字，不行。名字不能改，一日为象，终生为象。"

独角兽与犀牛

很久很久以前，整个世界都是无边无垠的广袤平原，只有乌龟在上面居住生活着。在这片平原上，乌龟们有的静止，有的爬行，或成群结队，或形单影只，或聚在一起，或各自忙碌，但它们全都是乌龟。总而言之，这是一个非常无聊的世界，既因为地形平坦没有变化，也因为地上居住着的都是乌龟。在造物主造出的所有动物中，他们绝对算得上是最不活泼的品种之一。乌龟的性格是怎样的呢？最主要的就是谨慎。没错儿，当乌龟看到他不喜欢的东西时，第一反应不是用心去看，而是不假思索地把头缩进壳里，谁爱看就让谁看个够吧，在他确定那个物体确确实实不会伤害静止不动的生物之前，他不会再把头伸出来。简而言之，乌龟并不会试图去了解对方。他只会缩回自己的壳里，固执而迟钝地等待一切结束。

某个世纪——之所以说"某个世纪"而不说"某一天"，因为在那时候，"一个世纪"就像现在的"一天"一样长。嗯，在某个世纪，有一头小犀牛闯进了这个乌龟的世界。那只小犀牛像小马驹一样，集优雅、敏捷、活泼于一身，额头上还长着一根又长又尖的美丽的角，浑身洁白如雪，是唯一有着"独角"称谓的兽类。从前的犀牛就是现在我们所说的"独角兽"的样子。上帝厌倦了那个只有乌龟居住的世界，他想要一些新的、不同的东西。于是，他便想用只独角小兽作为尝试。如果效果不错，上帝便会让他的同类成倍增加；反

之,他再另作打算。

小犀牛虽然要独自面对百万只乌龟,却完全没有灰心丧气。敏捷活泼、精力充沛、诙谐开朗的他,很快就找到了可以吃草的茂盛草地、能够解渴的清澈小溪、适合睡觉的宽敞洞穴。而剩余的时间,小犀牛都在玩。他和什么玩呢?和花草、和水果、和石头、和水,总之,与他有本事够得着的所有东西一起玩耍——尤其是,乌龟们。

小犀牛是如何与乌龟玩耍的呢?一句话说来就是:捉弄他们。他一会儿把他们翻倒过来,让他们去挣扎;一会儿用角去碰碰他们的鼻子,乌龟们便把头缩回壳下,或是碰碰他们的尾巴,乌龟又立刻把尾巴缩了起来。然后他就开心地围着他们跳跃,又是跳又是翻筋斗。每次乌龟都不会去了解,只会缩回自己的壳里,一动也不动,就像一个个椭圆形的凸起,就这样缩着头和尾巴保持静止,一直持续两三个世纪之久。

总之,小犀牛过得很开心。上帝已经开始认为试验成功了,他很乐意用独角兽逐渐代替乌龟。这时,破坏一切的蛇出现了。代表着曲意逢迎和嫉妒的蛇是所有新奇事物的敌人,只要有一丝可能,他甚至比乌龟更谨慎。蛇爬到小犀牛身边,用假装真诚的语气告诉他:"小犀牛,听着,作为你的朋友,我想给你一个好的建议。"

小犀牛在睡觉,闻声醒来,四下看了看——连个影子都

独角兽与犀牛

没有——他正要回去睡觉,蛇喊道:"嘿!我在这里,在你的角上!"然后小犀牛,差点儿把自己看成个斗鸡眼才看到,的确,蛇正盘绕在他的角上。小犀牛说:"说实在的,我没必要听从陌生人的建议。"

"可是我,"蛇感叹道,"我很了解你——我已经关注你很久了。我必须告诉你:小犀牛,你要小心了。"

"小心?"

"是的,你得多加小心了。当那些乌龟从你身旁经过时,你从没有意无意听见过他们说什么吗?"

"没有。"

"给你些小提示:笨蛋、粗鲁、讨厌、卑鄙、白痴、懒鬼、无赖等等等等。"

"等等等等?是什么意思?"小犀牛不安地问道。

"意思是他们经常言语侮辱你,可并不需要把所有侮辱你的词都说出来,知道我告诉你的那些就足够了。"

"我明白了。这样下去会怎么样呢?"

"这样下去,总有一天,你会发现自己被完全孤立了。对你来说,那将是非常糟糕的一天。"

"但我本身就是一个孤独的个体,不是吗?这里没有我的同类。"

"是的,你是,但你还没有察觉到。当你能感受到这种感觉的那一天,你知道会发生什么吗?"

"不知道。"

"你会发现你跟别人都不一样。而一旦你发现自己与众不同,就再也没有逃避的余地:你会以与众不同为耻,你想和其他人一样。"

小犀牛用角挠了挠自己的身子,十分不解。最终开口问道:"但其他人是谁?"

"当然就是——那些乌龟。"

"所以那又怎样呢?"

"所以,你得避免感觉到你的不同。与众不同是一件非常可怕的事情,因为在这个世界上,我们要尽量跟他人保持一致,不要与众不同。为了避免跟其他人都不一样,你需要把自己变成一只乌龟,或者至少变成一个和乌龟没有太大区别的动物。"

"这得怎么做呢?"

"哦,至于这个嘛,很简单:只要在上帝召见我们的日子里告诉上帝,他会立即把你变成你想要的任何样子。"

的确如此:在那些世纪里,上帝每个星期四都会倾听众生言,从八点一直听到中午。不管是谁,有任何抱怨要表达或是有什么愿望想要实现的,都能当即收到回应。上帝在一个丛林的深处,靠近泉水的地方倾听。蛇停顿片刻,又补充

道:"比方说,我自己,你不会相信的,从前的我和现在很不一样。我曾经是一只千足虫,就是说每天晚上我都得要脱一千只鞋子,简直要累死了。于是我去了召见日,希望摆脱脚的束缚,哪怕一只脚我都不想再有了,上帝当时立刻满足了我的心愿。"

"不错。"小犀牛说,"但现在你只能爬行了,也不算很舒服吧。"

蛇立刻转移了话题:"明天就是星期四了。我陪你,我帮你把你的心愿表达给上帝,上帝会让你满意的。这样再也不会有人对你说三道四了。"

如此,第二天,蛇和小犀牛去了召见日,会场非常拥挤,当然满场都是乌龟。上帝在一棵树下舒适地坐着,膝盖上放着一本记事本——当他需要检查各种请求和建议的后续情况时,就会喊到提出它们的人。在一堆乌龟提出不喜欢这件事或那件事之后(乌龟有着非常非常暴躁和不满的性格),终于轮到小犀牛了。因为小犀牛很害羞,所以由蛇来替他说:

"现在是犀牛的发言。众所周知,我们生活在乌龟的世界里,而他在这样一个世界里感到格格不入。敏捷、活泼、好动、灵活有什么用?只会被看不顺眼、被认为是入侵者而陷入无意义的懊恼。由此,简而言之,犀牛想要更像其他人——即乌龟一样。哪怕不是变成真正的乌龟,但也别有太大的不同。"

上帝惊讶地看着眼前这一幕："但他现在这样多好啊！这是一次我觉得做得正确又可借鉴的事，可他却不领情。除此之外，关于额头中间那只独角的创意，我觉得真的是一件充满愉悦的事情。"

蛇连忙说："角可以不用废去，只需要把其他部位变得更大就行了。只要那样就好。"

上帝转向小犀牛，对他说："你只拥有一次改变的权利。之后，变成什么样就是什么样了，你没法再变样了，永远永远。你接受吗？"

小犀牛看了看蛇，后者对他点点头。小犀牛挤出一丝声音："是的，我接受。"

于是上帝让小犀牛发了一场高烧，小犀牛因此在洞穴里的床上躺了整整一个星期。在这七天里，犀牛的身体变得沉重而庞大，腿变得又短又肿，薄而有光泽的皮肤变成了由无数片暗淡粗糙的硬皮连成的甲壳，角变得粗短，小小的眼睛埋在深深的皱纹里。当然，更不用提跳跃和奔跑了。从此，犀牛大部分时间都在草地中央站着不动，仿佛被他身上沉重的装甲和庞大躯体的重量压得瘫痪了。

比这更糟糕的是，他的改变根本没有得到乌龟们的好感。乌龟们对此怨声载道，对他充满敌意。他们交头接耳道："真丑啊！"

独角兽与犀牛

"话说究竟是怎么了?"

"不过到底谁让他这么做的呢?"

"好恐怖!"

"你能想象出比这更尴尬的事情吗?"

这下,犀牛对说服他改变自己的蛇生气了。他开始四处寻找蛇,想要胖揍他一顿。但是蛇躲起来没再让他找到。由于嫉妒犀牛非凡的敏捷和美丽,蛇惹上麻烦了,如今使完了坏的他,又回到了平日里住的地底下。似乎这还不够,突然之间,不计其数的马匹出现在了这个乌龟的世界里。

上帝在事后又考虑了一下,他还是想要重复类似独角兽的实验,尽管有一些不同。这亿万匹马,都非常敏捷、非常纤细、非常优雅,他们到处跳跃,四处奔跑,一刻也不停歇。站在他们之中的犀牛,披着笨重的皮甲,粗犷的身体和母鸡似的小眼睛,像是一尊有生命的纪念碑,上面写满忏悔、不满和缅怀。

以后,当你们再在非洲大草原的尽头看到一头犀牛,双眼间长着一只角,巨大的身躯一动也不动,你们应该知道,他在想着他还被称为独角兽的敏捷而迅速的黄金岁月。想着想着,他垂着头哭了起来。那些眼泪,一接触到空气,立刻变成了石头。犀牛身上的一切都很沉重,就连眼泪也是!

在鲸鱼非常非常小的时候——莫拉维亚的动物故事集

恐龙跳起来了

被奉承者称呼为沼泽之王的恐龙只有一个缺点：虚荣。因此，他对奉承非常敏感。他太虚荣了，以至于当没有人奉承他的时候，恐龙就自己奉承自己。这一天，当他感到孤独，需要得到别人的夸奖时，他无法控制自己，从经常出没的沼泽地里钻了出来。他直起身，摆出一副挑衅的姿态，对着空气大喊大叫，就像在对自己喊话："我有三十五米长、有十吨重。世界上还有谁比我更大、更重、更强？"这些话被躲在茂密森林枝丫中的跳蚤听到了——茂密的大树枝丫只不过是恐龙右边鼻孔里长着的鼻毛——跳蚤从森林里钻出来，三两下就跳到了恐龙的鼻子上，然后他使出全身的力气喊道："你是最大、最重、最强的，这毫无疑问。但是我，我能跳得比你高！"

恐龙看不到在鼻子上的跳蚤，恼怒地问："到底是谁？"

"我，小跳蚤！"

"谁是小跳蚤？"

"我是寄生在你身上的小昆虫，通常住在你的右鼻孔里。这会儿，为了和你说话，我就跳到你的鼻尖上啦！"

恐龙试着去看自己的鼻尖，结果几乎变成了斗鸡眼。接着他说道："我没有看到任何寄……寄生……"

"寄生虫。我藐视你——我是世界上最小的动物，但我能比你跳得更高。"

恐龙感到不适，反驳道："我才不会去跳呢！我为什么

要跳?"

"因为你必须跳。"

"谁说的?"

"谁都没说。但你就是得跳。而我,亲爱的恐龙,我比你跳得高得多。"

恐龙没说话,他害怕了。过了一会儿,他问:"好歹让我知道你能跳多高吧?"

小跳蚤回答说:"我跳的高度是我身高的一百倍。"

这一次,恐龙沉默了好几分钟。他把自己不多的智慧都用在了下面这个问题上:他身高三十米,如果要跳得比自己高一百倍,得要跳多少米?动头脑太累了,他几乎快要昏过去啦,这对他来说可真是一种不同寻常的锻炼。不过,他最终还是倔强地说道:"以我的身材,要是跳起来,一定能跳出三千米。你看你这么小,我都看不见你。所以说你能跳多少米呢?要我说吧,也就十厘米左右。现在,你讲讲,十厘米和三千米比起来算什么?垃圾、皮毛、小把戏。"

"你得跳、你得跳!"跳蚤说,"但实际上,最起码到现在为止,你跳都没跳过一下。一下都没跳过跟跳十厘米之间的差距就是:垃圾、皮毛、小把戏。"

恐龙耸耸肩:"那我为什么要跳?"他恼怒地重复道,"只要我自己知道,我一跳,就能跳到三千米高的地方,这就足

恐龙跳起来了

在鲸鱼非常非常小的时候——莫拉维亚的动物故事集

够了。像我这样的存在,是不会跳的。只需要了解,'只要他想跳,就能跳',这就足够了。"

"骗人!"小跳蚤说道,"实际上,你就是不敢跳起来。"

这一次,恐龙真的生气了。

"好吧!"他叫道,"那我就跳一个,哼,让你瞧瞧,我跳得比你高几千倍!"

说着,他就把两条巨大的后腿对准沼泽底部,弯起膝盖,全身向前伸展,战斗般大吼一声,向上跳了起来。然而,由于他的身体太庞大了,几乎只勉强跳了半米,或许只有一英尺(约30.5厘米),就立刻一屁股跌进了淤泥里。沼泽里的水溅得飞上了天空,然后又淅淅沥沥地落到了他的身上。当水面平静下来,大家看到恐龙竟然死在了沼泽中央。他巨大的屁股像熟透了的西瓜一样,在狠狠撞击沼泽底部时,摔成了两半。

从此便流传出这样一句话:"宁当小跳蚤,不做大恐龙。"以及另一句:"恐龙恐龙,大大的脑袋,脆弱的屁股。"那小跳蚤呢?小跳蚤一跳,便从恐龙的鼻孔里跳出来,跳到大象那不成比例的鼻子上。不过,这又是另一个故事了。

骆驼的角

鹿曾经因为自己毫不出众,甚至可以说是非常平凡的外表而感到痛苦,成天怏怏不乐。有什么能让他与其他那些有四条腿和一条尾巴的动物区分开来呢?什么都没有,甚至连他的毛皮颜色都没有特别之处,只是普普通通没什么特殊名头的浅棕色。

直到某一天,一场盛大的舞会邀请了所有有角的动物。鹿非常非常想去参加,但可惜,他是非常普通的动物,普通到头上甚至连一两个角都没有。总之,要不是因为他的体型较大,一定很容易被误认为是只俗气的羊。

现在跟你们介绍一下,骆驼,这种直到今天外形仍然充满独创性的动物,在那个时代,头上还顶着两只宏伟夸张的犄角。犄角像是树枝一样,向四面八方伸展着分杈。

骆驼并没打算去那个"有角舞会",因为他前面的那个驼峰受了风寒。鹿找到他,开门见山地对他说:"我太想去参加那个舞会了,但不幸的是我一个角也没有。把你的角借我用一天吧,明天早上我就把它们还给你,我以我反刍动物的名誉担保。"

骆驼的性格是那种宁可说抱歉也不想让别人得偿所愿的人。他面无表情地说:"这可不能借你。我需要它们,没它们我可睡不着。"

"那把它们租给我吧。我给你一包上等的干草作为交换。"

骆驼的角

"天呐!你把我当什么了,出租犄角的?"

"但要是你不去参加聚会,还要它们干什么呢?"

"我需要它们来挠肚子——我向你保证,这样的滋味美极了!"

"你不如用蹄子来挠肚皮,把角给我吧!"

"没办法,这对犄角是不能借出的。不用再提了。大家各用各的。没有角的,就得适应没有它们的生活。"

鹿这下明白了,跟骆驼直来直往地说是不会成功的,他得拐弯抹角才能绕过障碍。他知道骆驼除了自私之外,还有很强的虚荣心,便跟骆驼说道:"但是啊,你并不需要角,因为——不管你自己是否知晓——你已经是天地万物中最独到的动物了。你高耸的两个驼峰,对只有一个驼峰的可怜的单峰骆驼真是一种侮辱;你的腿那么细,却可以撑起大肚皮还有前面提到的那对驼峰;你那双慵懒、反光的眼睛,配着长长的睫毛,美得都不真实了;你的尾巴长着长长的绒毛,大大的鼻孔甚至能塞下一个中等大小的苹果;连皮毛的颜色都有专门的词汇——'驼色'。

"哪种动物会在开始穿越沙漠的长途旅行之前,先跪下向主祈祷而后从地上起身呢?

"即使没有角,你也是世界上最非凡无比的动物;而我,我是什么?什么也不是,简直一无是处,连最最普通的角我

都没有长过。"

骆驼回答道:"对,你说得没错。但我的这对角非常符合我的头部美学。我的脑袋上要是没有它们还像什么样子,你难道没看出我的脑袋有多么需要这对角吗?"

"你的角对于你的头部美学是否必要这件事,"鹿反驳道,"一时半会儿说不清道不明。不过,让我们姑且承认这是事实。可是,它们虽然装饰了你的头,但是却伤害着你的身体。你没有察觉到它们的重量已经逐渐把你的脖子变成了'S'形了吗,或者,你更愿意我说,像蛇一样弯弯扭扭?想想要是没有角的重量,你的脖子能变得多笔挺。你会拥有一个像马一样笔直的脖子!"

"但我哪里会知道我没有了角、伸直脖子后会不会变得更好呢,"骆驼回答说,"有些事情必须是无法想象的,必须亲眼看到才行。说不定,等没了角,我发现自己看起来像只乌龟呢,那可是全天下公认的最丑陋的怪物。"

鹿惊讶地问道:"这会儿关乌龟什么事呀?"

"我也就是顺口一提。"

"好吧,那么我也就跟你一样,想顺口提一句——你也不妨尝试一下嘛,百利而无一弊。再说了,退一万步讲,我这是请你借给我你的角,又不是要你把它们送给我。"

"那我怎么把它们拿回来?"

"很简单,活动结束后的第二天,我就到你平日里饮水的小河边去,把它们原封不动地还给你。只是,如果我迟到了,就请你等等我:你知道的,一般聚会结束后的第二天早上,总会起得比较晚。"

鹿好说歹说,终于让骆驼把自己的角摘下来给了他。鹿把犄角戴到头上,看着镜子里的自己,发现它们合适极了,便高兴地跑去参加聚会了。你完全可以想象那个聚会,长角的动物无一例外地全都去了。场上可以看到大大小小、形状各异的角,但其中最漂亮的无疑是鹿头上的那对。它们如此美丽,让人着迷,以至于某只羚羊看到后便疯狂地爱上了鹿。他们从头到尾一起跳完所有的舞,可以看到他们的角成双入对地出现在每个角落,从自助餐厅到大堂,从花园到会客室,他们从楼梯上上下下,他们从举办舞会的这个大别墅卧室进进出出。最终羚羊说,如果他们不尽快结婚,她会悲痛欲绝。而同样深爱着她的鹿,也热情地接受了结婚的提议。所以,在舞会结束后,鹿跟羚羊甚至没有回家。他们一边跳舞一边等待着,待黎明到来,他们便从舞池直接前往教堂。在那里,他们在牧师羱羊的见证下结为夫妻。

这对夫妻搬到了树林深处的一座漂亮的小房子里。但如今有件事情让鹿隐隐不安:他曾经跟骆驼允诺,将在派对结束后把双角还给他。现在该怎么办呢?一方面,毫无疑问,

在鲸鱼非常非常小的时候——莫拉维亚的动物故事集

他是对骆驼做出了那个承诺；然而另一方面，要是羚羊发现那对曾经让她坠入爱河的角，实际上并非鹿所有，她又会作出什么反应呢？鹿想了想，最终决定不把双角还给它们原本的主人。因此，骆驼就再也没有角了。

也许这就解释了为什么骆驼去河边喝水的时候，总是全程那么缓慢地四处张望：他仍旧希望鹿能来把他的角归还给他。

骆驼的角

被嫌弃的体重秤

数十亿年前,有一只河马,胖得远近闻名。在一个晴朗的早晨,河马像往常一样站到体重秤上测量自己的体重——你们可能不知道,物体当时都是会说话的,它们是过了很多很多年以后才不再言语,可能是因为人类总要谈论他们自己,一说又总是说个不停——言归正传,不消几秒钟,体重秤便恭恭敬敬地叫道:"真是恭喜你啊,河马!你轻了半公斤!"

河马不敢相信自己的耳朵,惊呼道:"这不可能!""怎么就不可能呢,这可是确确实实的!""我的体重秤啊,我一直都清楚,你是唯一一个告诉我真相的人,来,让我给你一个吻吧。""可用不着亲我。现在是你自己的努力开始得到了回报,你要继续严肃对待啊!""再见,体重秤,愿你得到祝福。"

带着满足和快乐,河马做的首个决定,便是把他那过于严格控制着的饮食给放松一点。一坐到餐桌旁,贴心的管家母猪太太就为他摆好了早餐,里面有——茶、橙汁、两片全麦面包,面包里分别夹着薄薄一层黄油和蜂蜜,让他挑选。他跟这位女士问道:"母猪太太你告诉我,你有没有发现我的身体看上去有什么变化呢?"

母猪太太大吃一惊,说:"对不起,先生,我还没来得及仔细看。""看看我,你会不会碰巧注意到我瘦了呢?我瘦了半公斤,应该是能看得出来的。"母猪太太恍然大悟:"哦!是

啊！当然，没错儿，您是瘦了，瘦了好多啊！今天早上我看到您时，就立刻想到：先生不再是从前的他了。他做了什么才变得这么瘦呢？"赤裸裸的奉承让河马感到非常满意，他郑重地发出指示："母猪太太，给我来两个培根蛋——每个鸡蛋要配上三片培根。"母猪太太不等他说第二遍："明白啦，这顿减肥餐吃什么呢？明白！两个培根蛋。"在她冲进厨房时，身后的河马喊道："注意啊，培根一定要煎得恰到好处。"鸡蛋配着培根绝妙无比，尤其是他已经有一年多都没吃过培根蛋了。夹杂着盐、肥油和烟熏气味的鸡蛋吃起来异常美味！河马吃掉鸡蛋和培根，只用一块小小的面包，小心翼翼地抹下餐锅上的残汁——他还是害怕变胖的。

母猪太太站在一边看着，当主人吃完后，她说："那么我们今天的午餐做些什么呢？"河马背诵般："烟熏三文鱼配面包丁、芦笋、香煎肉排、草莓配奶油、冰激凌。"

母猪太太鼓起勇气说道："实际上，您的减肥餐是：水煮西葫芦加两片奶酪。您不觉得，怎么说呢，这跟您让我做的早餐差得太多吗？"河马喊道："但我瘦了半公斤，你明白吗？半公斤！好吧，那这样吧：不要两块肉排了，就要一块。""我煎两块，您到时自己决定吧。"河马捡起沾在外套上的面包屑，悉数吃掉后，戴上帽子出门了。

半公斤！半公斤！自由，终于，又有了吃的自由，在所

被嫌弃的体重秤

有的自由中,这才是与我们相关的,最直接、最个人的自由,这是唯一不排他的自由。贪财的人、好色的人都想要独享金钱或性爱——贪吃的人却希望有其他的"吃货"和他做伴,无人陪伴反倒吃得不尽兴。河马当然也有一个伴儿,那就是长颈鹿。长颈鹿敏感难相处,但也谈不上很糟糕,她给河马提出的结婚条件是:河马得至少减掉半吨。"看看现在我们在一起像什么样啊!"她常说,"我高高的,高得看着都是长脖子和长腿,而你那么矮,矮得看着只有肚子和头啊。"那天早上,长颈鹿正处在情绪低谷,刚刚为了吃一朵比她高的树顶上的花,她扭到了脖子。因此,当河马兴高采烈地在电话里跟她宣布,他轻了半公斤时,她回答道:"半公斤?你给我打电话来,就是为了跟我说你轻了半公斤?!这就像珠穆朗玛峰打电话通知我,它矮了半米!无论如何,如果你想跟我结婚,就还得减掉四百九十九公斤外加半公斤。现在我要挂电话了,因为我可没时间浪费在体重三吨的某人身上。再见!"说完,长颈鹿便挂掉了电话。

为了平复这样的无理对待,河马去了他的办公室,那里能找到貘小姐,他的年轻打字员——他知道她也在等他。貘是一个心地善良的女孩,心宽体胖,他只要看到她,就很有安全感和信心。河马在房间里走来踱去,口述了很多封工作上的往来信函,偶尔停下来,充满好感地看一下专心打字的貘。

在鲸鱼非常非常小的时候——莫拉维亚的动物故事集

最终，在快到中午的时候，他再也忍不住了。他走近貘，带着难以克制的热情咬着牙齿低声对她说："吃点东西怎么样，去吃一些吧？我瘦了半公斤，所以……"老板充满磁性的声音，让貘感到一阵尴尬，她机智地回答："那您可以再努力努力，再瘦下半公斤，那您可就瘦一公斤了呀！"但河马已经来了兴致："怎么样，嗯，来些松软的三明治，中间夹上厚厚的黄油、美味的火腿跟小黄瓜和洋蓟？"貘努力拒绝："不，先生，请不要诱惑我，我们继续工作吧，别再想三明治了。""再配上一杯爽口的啤酒？"

"啤酒"这个词拖得长长的，一向尽职尽责的貘打了个寒战："请您离开吧，先生，严肃点，别这样。我还这么年轻，也同样是血肉之躯。如果我让我的贪食之心得到满足，可就糟了！""也许加上一小盘虾子配上酱汁？""冷静点，先生，可能会有人进来……""最后，再点一两个松露三明治？""哦，哦，要是长颈鹿小姐听到您的话，她会怎么想！"河马顿时泄了气："别跟我提长颈鹿，她只想着逼我减肥。但她至少找个好时机吧！"貘说："来吧，这一次我想让您开心一些。您去点您要的三明治吧。"

小餐馆的服务员来了，餐盘上托着二十来个三明治。在这里，河马的贪吃也是众所周知的。河马一口便吞下两个，他一边嚼着，一边用手指向托盘，似乎是在邀请貘像他一样

被嫌弃的体重秤

在鲸鱼非常非常小的时候——莫拉维亚的动物故事集

开吃。不需他多客气,貘便抓起一个三明治,用她那完美洁白的牙齿咬了一大口,目光在三明治上停留了几秒后,又嚼了起来。眼前这一切都让河马沉迷不已:还有什么能比迷人的姑娘用餐更让人沉醉呢?

当然他也没完全忘记"半公斤"的事情。这顿"点心"已经是一顿丰盛的午餐了,但现在他还有另一顿午餐,那就是早上他在为自己的胜利而陶醉时,让言听计从的母猪太太为他准备的那一顿。他突然下定决心,拨出电话,听筒里立刻传来母猪太太的声音。他声音像打雷一样响:"母猪太太,我要收回我的命令!""您的意思是?""我的意思是,我又准备要吃健康的饮食啦:西葫芦加奶酪。我最多半小时就能到家。""那已经准备好的午餐呢?""你吃吧。"等到河马回到家,吃了两个西葫芦和一片奶酪,便"轻巧"地去睡觉了。两个小时后,河马醒来,突然非常想吃煎肉排。他梦游似的走到厨房,打开冰箱。哦!在一个小盘子里,善良的母猪太太为他保存了一块煎肉排。河马想也没多想,就把它塞进了嘴里,冷肉排的口感冰冷而又油腻。冰箱里还有一小盘烟熏三文鱼、一个装着十多根芦笋的碟子、一个装满草莓的高脚碗,以及整份冰激凌,母猪太太没有碰过,都留了下来。简而言之,早上他吩咐的那些午餐占据了冰箱的大半空间。河马像是还在梦游一般,将所有这些美味佳肴,送进了他的肚

子里与肉排做伴。之后,在吩咐母猪太太按照他的饮食习惯给他准备一顿朴素的晚餐后,河马回到了办公室。

他在那里度过了整个下午,讨论业务、口述信件、阅读文件。临近傍晚,当他准备离开的时候,他的老伙伴、饭搭子白猪先生出现在了门口。白猪先生胜利般地宣布:"今晚,所有人都去黑猪先生餐厅!他刚从海上回来,带回了一船新鲜的鱼,这些鱼都是他亲自捕捞的。今晚没有女士,只邀请绅士们!"

河马如今非常喜欢吃鱼。他立即感觉到,这一次他将无法战胜这个诱惑。尽管如此,他还是弱弱地抵抗了一下,向白猪先生解释了他如何瘦了半公斤——但鸡蛋、点心以及剩余的早餐一定已经让体重又涨回去了——如果他接受了黑猪先生的邀请,又会发生什么呢?白猪先生对河马再熟悉不过,就像那个词所说的:了若指掌,他假装认真地对河马说:"好吧;但你忘了一件事:你今天拉了多少次便便?我是说,你大便了几次呢?""两次吧。""那么,以你的身躯,难道不是至少、至少排泄了五公斤出去吗?"

这个说法很有说服力,至少河马没再需要更多的言语来说服自己——他说:"那就这样吧,我会注意些的,剥了皮再吃肉,我们走吧。"

黑猪先生的别墅里摆放着一张马蹄铁形状的大桌,桌

上摆满了盘子,盘子里装满了各种各样的鱼,等待着客人们;而客人们的脖子都系上了餐巾,装备着盘子和叉子,已经"整装待发"——这边一个个巨大的汤锅里盛放着鱼汤,那边的一堆托盘上摆放着大龙虾,另一些托盘里有的装着蛤蜊,有的放着烤鱼,而章鱼、墨鱼和鱿鱼既有炖的也有烤的,桌上还有条惊人的石斑鱼,至少得有三十公斤重。

河马靠近石斑鱼,纠结之中,把它吃掉了一半。接着他又吃掉了几只龙虾,一整盘的烤贻贝,大量的大虾,以及一大份炸鱼拼盘。与此同时,河马还不时地瞥一眼桌子,将叉子刺向一些客人们相互传着吃的鱼,那都是些没见过的珍稀品种。他也确实想到过向长颈鹿允诺的那半公斤体重,想到在家里等着他的西葫芦和奶酪晚餐,但在迷惑中,这些东西似乎不再与他相关。最终,他将肚子吃得满满的,几乎无法动弹,然后冒出一个"有历史"的念头来安慰自己:"古罗马人是怎么做的呢?他们进餐,然后呕吐掉,然后再继续吃。我也这样做。"

晚上就这样结束了。桌子上剩下的只有一堆空盘子,里面散落着光秃秃的鱼骨。与黑猪先生和其他所有食客道别后,河马奔回家里,叫上母猪太太,冲向浴室,当母猪太太的手扶住他额头时,他立刻像古罗马人那样,冲着厕所呕吐了起来。随后,河马走到厨房,打开冰箱,又重新开吃,细细地

被嫌弃的体重秤

品尝了两百克霉菌奶酪。最终，伟大的时刻到来了。河马褪去衣物，光溜溜地爬上了体重秤。

体重秤立即像疯了一样，大声道："开始测量：你胖了五公斤！"河马也叫道："这不可能！现在连你也开始说谎话了！"体重秤恼怒地回答："我对你一直是实话实说。我再跟你说一次：你……"体重秤没能说完他的话，因为河马用重重的一脚，把它给踢碎了，又一脚，体重秤被踩烂了。在一摊破碎中，体重秤的魂魄用最后一口气叹道："这不可救药的贪吃鬼！"

冰王冠融化了

海象邀请了狮子国王到他在北极的家做客。客人离开后,海象开始跟他的妻子母海象说:"为什么狮子有王冠,而我就没有呢?在北极我可是个重要角色,就跟狮子在热带一样重要。但是他就戴着顶王冠,而我没有。"

母海象回答说:"他是所有动物一致选举为森林之王的。而你嘛,大家知道会嘲笑你的。"

海象不悦地哼了一声:"嘲笑我?"

"当然了。凡是提到你的词句,都是形容你的沉重跟笨拙。俗话说得好:'笨如海象,重似海象。'是啊,更别说森林之王了。再说了,北极也没有森林啊。"

海象叫喊道:"我想要王冠,我就一定要得到它!"

母海象回答:"随便你吧。但我先提醒你,我可不想戴王冠。我出生在一个贫穷但让我自豪的家庭,在家里,没有人提到过王冠。我的父亲是个渔夫,他擅长让鱼儿们唱着令人心碎的情歌浮出水面;我的母亲是一位谦逊的老师,专教螃蟹直走。所以,我再重申一遍:我不需要王冠。"

但海象心意已决。他开始着手与极地的动物们打交道,包括海豹、企鹅、貂、鲸鱼、海狗、海豚、海燕、海鸥等等,他给他们都送了礼物,还允诺了在他封王之后将会授予他们的职位和头衔。对于那些因为有史以来,在极地从未有过国王,所以反对拥戴他的人,海象回答说:"我们需要一个国王。

鱼快要不够了。有人拥有的多,那就必然有人得到的少。需要由国王,也就是我,来承担均分的责任。"

最后,当海象确信绝大多数动物都愿意选举他为国王时,他又想到了王冠,毕竟这是他努力争取的真正原因。他需要一个好工匠来打造一顶漂亮的王冠,好让狮子羡慕不已。海象想了想,极地并没有打造王冠的能工巧匠,于是便开始了一段旅程,他跨过一块又一块浮冰,去向森林密布的西伯利亚,那里住着一只河狸,是个非常出色的木工。

海象是这么想的:"他既然会做木工,那也能做金饰!"但他错了。他到河狸的作坊,表明了意图。只见工匠挠着头,满脸疑问。随后河狸说:"你如果要做个木头的王冠,无论是松树、桦树、橡树、雪松,我都能给你做出极美的。或者,要不我给你做个红杉木的,这可是非常稀有的树木,论大小,它是树中之王。但如果你一定要金的,那我可没准备好接受这个挑战。"海象说:"用木头做的可不行。木偶才在头上戴着木冠。不,我得要金的,要么起码是跟金子一样耀眼夺目的材料。"

河狸又挠了挠头。那可就没办法了——这句话刚要脱口而出,他突然想到了个主意。在西伯利亚,冬天极度寒冷,河狸居住的河岸都结冰了,云杉树上满是冰雪,仿佛冰钟乳石吊挂在岩石上。那一刻,太阳正热烈地照耀在某一根冰钟

冰王冠融化了

乳石上，使它闪耀着万千光芒。河狸想："现在我用寒冰给他雕一个王冠，告诉他这是钻石做的。首先他不会发觉异样，因为冰跟钻石那么像；其次，他住在极地，在那里冰也不会融化掉。"

他喜悦但又平静地对海象说："你知道我要拿什么材料给你做王冠吗？钻石可比黄金珍贵得多，也透亮得多。"

海象问："但是你在哪里能找到钻石？"

河狸回答说："我知道一个山洞，那里蕴含矿藏。你就放心地回极地吧，咱们半个月后见！钻石可是非常坚硬的材料，得花上大量时间和精力。"

海象被说服了，返回极地去了。河狸立即开始工作：他从岩石上取下一大块冰，用工具慢慢、慢慢地将它琢成了一个圆柱体，然后又小心翼翼地从这个圆柱体上制作出一个巴掌宽，两指粗的圆形部分。他在中间挖了一个洞，把洞逐渐扩大，这就是根据海象头大小的冠冕。但这仍然是一顶简单朴素的王冠，没有任何装饰。河狸继续工作，归档、刻面，终于，在阳光的照耀下，冰冠之上闪耀着上百道虹光，仿佛镶嵌着宝石一般。

海象显然对这个王冠着迷极了。他把它戴在头上，赶回极地。刚一到达他就发布了个加冕仪式的公告。在约定的日子，极地的所有居民都聚集到了广场上面。海象来了，前额

冰王冠融化了

郑重地顶着王冠。他爬上一个高耸的雪堆，说道："亲爱的臣民们……"

人群中一阵骚动：极地居民们何时又如何成了海象的臣民呢？

海象继续说："亲爱的臣民，你们亟需一位国王。没有国王，你们做谁的臣民？没有国王就没有臣民，就像没有臣民就没有国王一样。所以得有一个国王，于是这就出现了我，五米长，三吨重的我。"

一个声音喊道："还有熊呢，你把熊置于何处呢？"

海象没有生气："熊哪里能跟我相比。我比它长多了：我有两米半长；又比他重：他甚至都没一吨重。事到如今，为了你们，我也只能勉为其难地当这个国王。但是没有王冠能有国王吗？绝不可能啊，这就像是没有鸡冠的公鸡。总之，看，这是我的王冠，你们看一看，用的都是实心钻石，比狮子那个朴素的金冠美丽、珍贵得多！总而言之，我是你们的王，而你们，和我比起来，就是虫子、泥土、垃圾。"

那天，太阳躲在云里，但海象刚做完这个简短的演讲，太阳就出现了，一束光线照射在皇冠上，反射出上百道五彩的光。大家突然一阵恍惚，接着爆发出长久的、雷鸣般的掌声。海象成功了，他成了国王。

但海象却仍有一个愿望，他想要向狮子炫耀他的钻石王

冠。一天，他对妻子说："我们必须回访狮子。我们必须去热带。"

母海象说："说句实话，你是想跟狮子炫耀你的王冠，让他嫉妒得要死。"

"就算这样又如何呢？"

母海象说："不要指望我会加入这样的旅行。一日做家庭主妇，一生便为家务而活。无论如何，我都不觉得自己是女王，所以我要留在这里。"

海象为这个答案感到遗憾，但最终，虚荣心还是战胜了情感。于是，他跟狮子交换了书信后，收到了狮子的邀请，乘坐狮子派给他的专机前往热带地区。这会儿你们可能会想知道什么是"热带"。告诉你们，热带就是非常非常热的地方。非常热。事实上，曾经，这些炽热的地方被称为"极热带"，来表明它们"极"热了。后来掉了一个"极"字，所以我们现在说热带，只用"热"字，有点像我们对南方国家说"南方"而不是"难方"。狮子还记着海象在极地对他的热情招待，于是他对海象倍加款待，为他举行了两场仪式以示欢迎。一场是军队阅兵，一场来自大臣和臣民。当然，庆祝活动都在户外进行。时间是上午。

当飞机降落在跑道上，棕榈树间高声响起极地之歌，一个由狒狒、猕猴、大猩猩和黑猩猩组成的精兵团展示着他们

冰王冠融化了

的武器。狮子和海象肩并着肩，慢慢地经过待检阅的士兵。虽然才早上七点，太阳已是非常猛烈了。聚集在士兵身后的人群，欣赏着两顶王冠，评论着。有的人更喜欢金冠，有人更偏好钻石的。但总的来说，海象的王冠似乎比狮子的王冠更经典，显得珍贵非凡。

两个国王坐上车，前往皇宫。这时，已经九点了，太阳比以往任何时候都更猛烈。突然之间，哎呀，海象惊讶地意识到，他的王冠正在融化，大量的水滴到他的前额和脖子后面。王冠继续融化着，掉到了他的鼻子上，很快又套在他的脖子上——国王的王冠变成了小狗的项圈。那个河狸！海象猛然明白了河狸的把戏。与此同时，他带着悔意，诅咒起自己的虚荣心。但是没有时间可以犹豫了，狮子和他的侍从们似乎也注意到了极地之王那顶融化的王冠，他们交换着会意的笑容，眼神里也带着讽刺。海象鼓起勇气，对坐在他旁边的狮子轻声耳语道："我遇到了一件头疼的事——王冠从我头上掉下来了，它有点太大了。你可不可以借给我一顶王冠呢？比如说，你平日在家里戴的那种就行。"

现在我们有必要知道，老奸巨猾的狮子从一开始就明白，海象想要拿钻石王冠来羞辱他。他正想找机会以牙还牙。狮子非常郑重地说："当然，的确还有一个比较随意的王冠，是我在家的时候戴的，当然可以借你。"

狮子在他的随从耳边轻声交代了几句；随从一到宫殿，就失陪了一会儿，回来的时候，拿着那顶"在家里戴的王冠"。狮子口中的另一顶王冠，实际上是一条带鱼，又薄又扁，就像一条皮带一样。在热带，熏干的带鱼在出售前，尾巴都被卡在嘴里，形成一个完美的环形。狮子告诉海象，他在家时，都会戴着这条带鱼来替代他的王冠，然后毫不耽搁地把带鱼给海象戴在了头上，接着便拉着海象的手，把他拉出王宫，带到在广场上聚集的大众面前。

海象被鱼散发出的臭味熏得几乎要窒息了。但也只能这样，狮子都能把它戴在头上，他又怎好拒绝呢？结果一到宫殿外面，广场的群众便强忍住他们的笑意，大家都注意到了戴在极地国王头上的王冠形状的带鱼。带鱼是热带地区最物美价廉的食物，它怎么会出现在一个国王的头上呢？笑声越来越大，海象举起手说："公民们，我，极地之王……"就在他试图将额头上戴着的带鱼扶正时，在场的动物们全都哄然大笑起来。大臣们、士兵们、民众，大家都笑了，狮子也笑了，只是更有礼貌些——他把笑容掩藏在他的胡子下面……

这是一个关于海象的冰王冠的真实故事。给我们的启示是：

什么样的头冠配什么样的脑袋；不是每颗脑袋，都配得上王冠。

冰王冠融化了

自然之母决定改变世界

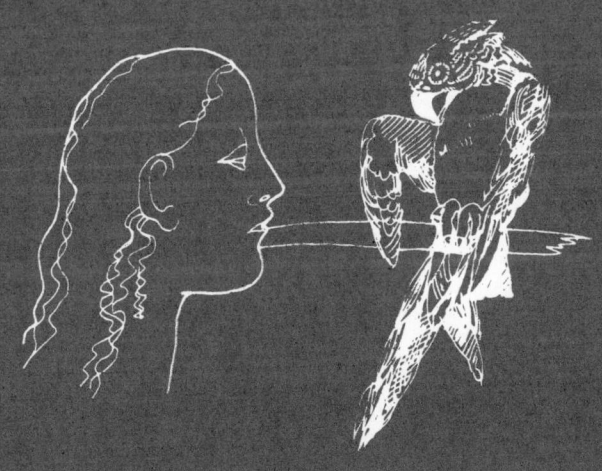

十亿年前，一个女人和她的丈夫住在加拉帕戈斯岛上。女人的名字叫自然，丈夫的名字叫作创造。自然是一个强大的女人，但一点也不平和，就像很多过于健壮的女人所表现出来的那样，她骄纵、任性、情绪不稳定，有暴力倾向又阴郁。她的丈夫创造则恰恰相反，身材瘦小，稍有些驼背，机智的脸上总是带着微笑，很有亲和力。自然是个无所事事的家庭主妇，而创造是个非常刻苦努力的学者，在不断的学习中，他成了一名无所不能的魔法师。

现在必须知道，在我们接下来要叙述的事件发生的时候，加拉帕戈斯岛与今天相比，是另一番景象。倒不是说它的样子——当年岛上全是光秃秃的岩石，如今岛上也是光秃秃的岩石——不同的是岛上的动物群。我们甚至可以说，从前这座岛是大量巨大爬行动物的专属地。岩石间、平原上、山顶上、海湾和岬角周围，生活着的都是一群怪物，它们一个比一个更可怕。巨大的恐龙到处都是，蹒跚而行，它们长着长长的尾巴和脖子，头极小，夸张的身体就像大木桶一样。它们大小不一，种类各异，但都有一个共同的特点，那就是丑得可怕。所有这些怪物都喧闹得不可开交，相互之间不断开战：食肉动物们比如暴龙，要吃掉类似梁龙的食草动物，但即便暴龙使出浑身解数，梁龙也并不会甘心被吃掉，因此，巨大的争吵连绵不断，咆哮声和尖叫声吵出天际。除此之外，这些怪物们还都不爱干净，说得客气些，整个岛就像是一个厕所或垃圾场。骨头、腐肉、各种残渣覆盖着整片土地，使空气中弥漫着恶臭。

自然看到她的岛屿沦落成这副模样，感到很痛苦。恐龙制造出来的恶臭、噪声和脏污让她苦恼和抓狂。但她对这一切无能为力，因为这个充满怪物的世界正是她自己想要的。几十亿年前并没有这些爬行动物，世界上只有一望无际的平静水域，散落着遍布绿色、开满鲜花的小岛屿。那是一个宁静无声的、平静而幸福的世界。但是自然任性又善变，她很快就对这个理想的世界感到厌倦，开始缠着她的丈夫创造，直到他在她的要求下，把世界变成了这样。"你看啊，为我摧毁这个沉闷的世界吧，否则我会因为无聊而发疯的。"创造对她说："但这个世界是你自己当初想要的。""是的，是我想要的，那又怎样？""那你现在想怎样呢？""我想让它变得更戏剧化、更奇妙、更精彩。海水拍打着海岸，微风轻拂着小草，花儿朝着太阳升起，这一切我已经受够了。这种虚伪的甜美生活我受够了！我想要一个也许会让我恐惧，但却能让我感到震撼的世界！最好是由怪物组成的！没错儿，欢迎怪物们让我摆脱枯燥无聊的生活。"于是创造便做足了准备："你想要怪物？好吧，这就让你拥有它们。"简而言之，这就是为什么在不久之后（即仅仅一百万年之后），世界上充满了巨大又可

自然之母决定改变世界

怖的爬行动物。

而如今，善变的自然花了好一通时间来后悔，以前的世界是那么枯燥，但却又是多么安逸啊。现在的每一天，她都得蜷缩在屋子里堵住耳朵，以免听到岛上从早到晚一刻也不停的吼叫声、尖叫声、撞击声和其他骇人的声音。自然常常大叫道："够了，够了，够了，我快疯了，啊，我真的快疯了！"但进化没有再听从她，他了解她，知道她有多任性，就像老话说的，她得知道什么叫作受现实的打击，否则，也许在一百万年后，她又会再发脾气。这些怪物当初是她自己想要的，要多狰狞有多狰狞，要多嘈杂有多嘈杂，如今她是自食其果。

但好戏总有结束的时候。创造开始相信，事到如今，自然受到的惩罚已经足够了。所以有一天他对她说："听我说，自然，我看到你痛苦的样子，我想是时候结束它们了。你曾想要的这个充满怪物的世界将不再存在。好吧，那就请你告诉我你的构想。改变世界是个非常不容易的工程，我不想出什么差错，所以我们最好还是先达成一个协议。"

自然思考了相当长的时间，然后她用激动兴奋的声音说："我想要一个不同的世界，与我们今天的世界完全不同。我要一个美好的世界。"

"哦，美好的世界，那是怎样的呢？"

"轻盈,轻盈,再轻盈。"

"轻盈。还有呢?"

"我不想要任何匍匐的、爬行的、蹒跚的生物。"

"好吧,不要爬行的生物,然后呢?"

"我也不想再要这些丑陋的、像泥土的、像粪便的、像沥青的、像腐烂了的颜色。我想要一个像彩虹一样明亮而多彩的世界。"

"好的,还有什么要求吗?"

"我想,"自然边说边闭上双眼,"代替吼叫、尖叫、号叫、咆哮声的,是说话的声音、唱歌的声音、耳语的声音、啭鸣的声音、和谐的声音、悠扬的声音、甜美的声音。"

"谁还能再折磨到你呢?就这些吗?"

"等等,现在我要说的才是最重要的部分。我希望现在在地上费力爬着的一切都能飞、飞、飞!"自然说的每一个"飞"字,声音都比前一个更高。她的结论是:"飞走吧,最好也不要再回来了。"

创造说:"所以,你要的生物是轻盈、多彩、会说话、会飞的。让我们一起看看。首先来给它们取个名字吧,一旦取好名字,一切就都好办了。坎蒂沃兰蒂或帕里沃兰蒂怎么样?"

"那是什么意思?"

自然之母决定改变世界

 在鲸鱼非常非常小的时候——莫拉维亚的动物故事集

"意思是它们在飞翔的同时还会唱歌或说话。"

"太复杂了。"

"那么就叫阿莉埃斯特丽吧?"

"什么意思?"

"就像地球人叫特莱斯特丽一样,不是吗?"

"我不喜欢。"

创造挠了挠头,说:"我把'ucci'和'elli'这两个缩略语放在一起来表现它们的可爱——就叫它们鸟吧。"

自然说:"这个还不赖。鸟这个名字可以。"

现在只剩下这个问题:如何处理那些怪物呢?凡事爱走极端的自然,想要把它们统统消灭:"我想看到它们全都死掉,越快越好,从第一个到最后一个,渴死也好,饿死也好,冷死可以,烧光也行,地震、潮汐、闪电、火山爆发都用上。这样吧,我们只要搅起一波巨浪打上这座小岛,把整座岛泡在水里,总共也就不超过十分钟。但是,看在仁慈的份上,我们还是速战速决就好。"

然而创造并不情愿这么做:"为什么要杀死它们,为什么要毁灭他它们?我们必须分阶段做事情,不要颠覆,不要有断层。这些怪物不用遭到毁灭,慢慢地它们自己也会因为不再繁衍后代而消亡。"

"要是它们像兔子一样繁殖,你又能怎么办呢?"

"我会发明一种可爱的小兽,把它们叫作狗,狗会很贪恋怪物的蛋。这样怪物们直到老死,都不会再有后代。"

"哦,你总是这么贴心。"自然感到一丝安慰,说道,"那我们来谈谈鸟儿吧。你打算怎样创造它们呢?"

"创造它们也需要一些时间。大概也就几百万年。你要知道,许多小型爬行动物甲壳上的鳞片是由一种非常柔软、极为可塑的材料制成的。只需有些耐心,比如说在三亿年后,我相信可以把这些鳞片变得轻盈、柔软并且能够活动,我会叫它们'羽毛'——这些羽毛将会分布在前肢上成为翅膀。有了翅膀,鸟儿就能飞啦。"自然高兴得拍起手来:"哦,太棒了!"

这就是后来的剧情。狗吃光了怪物的蛋;怪物们老死了,没有留下后代;岛上到处都是巨大的白骨。如今的国度一片寂静,在这寂静中可以听到创造的声音,听到创造对他的妻子说:"耐心,我们需要一些耐心;走得慢的人,能走得更快,也走得更远。我很快就会向你介绍第一只鸟,到时你会看到它是多么美丽!""很快是什么时候?""呃,也就五千万年吧。"

期待已久的那一天终于到来了。创造向他的妻子展示了有史以来的第一只鸟:鸟栖息在他的肩膀上,有着色彩斑斓的羽毛,会说话。简而言之,是一只美丽无比的鹦鹉。创造

对他的妻子说:"这是罗-雷托。来,罗-雷托,跟女主人说句话!"罗-雷托直起身来,爪子立得老高,鼓胀起身体,蹦到自然的脸上:"老巫婆!"

自然和创造的婚姻破裂了。自然觉得被冒犯了,她认为丈夫训练罗-雷托是为了侮辱她,于是她离开了,留下创造去改善他的鸟儿们——把它们变得会唱歌而不再说话:创造不想让它们重复鹦鹉犯过的错误。但是,在丈夫和妻子和解的那一天,会发生什么呢?自然会不会再有什么奇思妙想呢?她会不会再一次决定要改变世界呢?

自然之母决定改变世界

女孩与野兽

十亿年前，有个卖熊皮的匠人——我们就叫他卖熊皮的人吧。卖熊皮的人有个妻子以及一个像太阳一样美的女儿，事实上，她的女儿就叫贝拉。①

日子慢慢过去，贝拉也越发美丽了，她出落成了黑森林城镇上所有女孩中最美丽的那个，金发碧眼，精致的鼻子，小小的嘴巴就像是一朵玫瑰花蕾。

我们得了解，贝尔多是一个皮毛商人。他的店铺就开在他们家楼下，是城镇上最优雅、最受认可的皮草店。在他家店铺的橱窗里，永远陈列着华丽的水獭皮、紫貂皮、河狸皮、貂皮，等待着买家选购。在店铺的后面，是贝尔多的工坊，他就在那里忙活，将猎人们拿来的生皮变成皮草。这些从树林里过来的猎人捆扎在背上的大包皮料上还沾着冰雪。贝尔多热情地欢迎着他们，在一张张检查过兽皮后，他总是会付给猎人很好的价钱。猎人们高兴地离开，他们兜里揣着钱，胃里也暖暖地装着几杯烈酒。

有一天，在黑森林深处，一只母熊对她的儿子小熊说："我很想吃蜂蜜，如果你是个好儿子，你会去帮我找些来。"

小熊很有常识："现在可不是采蜜的季节。冬天哪能找到蜂蜜呢？"

熊妈妈说："城里面有，在那儿他们把蜂蜜装在罐子里。

---

① "贝拉（Bella）"在意大利语中意为漂亮，美丽。

在鲸鱼非常非常小的时候——莫拉维亚的动物故事集

你进一趟城,随便找一户人家,帮你的妈妈我拿一瓶来。"

小熊很爱妈妈。于是,他想了想,便决定照做了。某个夜晚,他从窝里出来,开始穿过积雪覆盖的森林,向城市走去。

走啊走啊,他走出了森林,走上了一条长长的主干道,来到了第一栋房屋前。大雪依然簌簌地下着,厚厚积雪盖着这座似乎睡着了的城市。小熊从一条街转到另一条街,没有遇到任何人。皮草店的橱窗引起了他的注意。小熊认出了橱窗里展示着的两件皮草,那是他从小到大的两个玩伴:大熊和二熊。小熊有一颗柔软的心,他看着眼前的两件毛皮,想起在雪地里打滚翻跟头的可爱小伙伴,不禁为此号啕大哭起来。他抽泣着,不停重复地念着:"哎呀!唉!你们就这样走了啊,我可怜的好朋友们!"

忽然间,一个甜美的声音从一楼店铺上方的窗户传来:"漂亮的小熊,你怎么哭了呢?"

小熊抬起头看到了贝拉,这个女孩儿从窗户里带着好奇和同情的目光望着他。于是他啜泣着,困惑地讲起了蜂蜜和他的母亲,讲述了他穿越森林的旅程,讲起了他来到了城市,最后,讲述了他在橱窗里发现了他两个亲爱的好朋友的遗体。贝拉听了他的话,说道:"现在你来我家吧,我给你蜂蜜,我家的蜂蜜非常好吃。等你打起精神后,就请回去把我的问候

女孩与野兽

带给你的妈妈吧!我叫贝拉,是毛皮商的女儿。"

说着,贝拉走下楼,让小熊偷偷溜进屋里,直接把他带到厨房。在那里,装着各种蜂蜜的罐子在架子上排成了一排,包括叫得出名的那些洋槐、玫瑰、三叶草精酿蜂蜜。贝拉拿了个麻袋,装了很多罐蜂蜜进去。她刚把麻袋绑到小熊的背上时,楼梯上就传来了响动,只听贝尔多的声音喊道:"贝拉,你在做什么?"

贝拉回复道她在喝水。但时间紧迫。贝拉拉住小熊的手,把他带到店里,说:"现在你站在橱窗里,跟那两张毛皮站在一起。你和你的两个朋友看上去没有差别,人们不会觉察出什么,只会以为我爸爸在窗户上放了三块毛皮,而不是两块。"

就这样,小熊站到两块毛皮之间摆好姿势,双臂张开,后腿直立,他真的看起来就像一件已经做好,随时都能被穿上的皮草。

贝拉在橱窗前逗留了一会儿。她喜欢小熊,她觉得自己对他产生了一种特别的感觉。贝拉对小熊说:"你知道你非常的漂亮吗?"

小熊回答道:"我的妈妈也是这么说的。"

贝拉向他伸出手,问道:"我可以把一根手指伸进你的皮毛吗?"

"当然。"

贝拉把手指伸进他的皮毛,一直触摸到他的手腕。贝拉惊叹道:"多么浓密的皮毛啊,多么美妙的皮毛啊!最亲爱的小熊,我要嫁给你,你是我最合适的丈夫。"

就在这时,穿好了衣服的贝尔多来到店里,看到女儿在和小熊说话,立刻意识到发生了什么。他问道:"这是什么意思?昨天我在橱窗里放了两件皮草,现在怎么变成三件了?"

贝拉说:"爸爸,你昨晚太累了吧,你以为你在橱窗里放了两件皮草,其实是三件呢。"

"也许吧,"父亲说,"但我还是想看看这毛皮到底喜不喜欢一撮烟草。"说着,他从口袋里掏出鼻烟盒,打开后放到小熊的鼻子下面。小熊努力试着坚持住,但最终,他不由自主地打了一个强而有力的大喷嚏。然后,不顾贝拉的惊愕,父亲拿起一条粗大的链子,套在了小熊的脖子上,一边往橱窗拉一边说:"这会儿进橱窗还为时过早!现在我来好好伺候你一番,然后我们再把你重新放回这里!"

贝拉一听,便扑倒在父亲的脚下,哭着说:"爸爸,请别这样。"

贝尔多说:"我是一个皮货商人,这只熊今天落到了我的手里,如果我不抓住机会,我还能算得上什么皮货商呢?"

贝拉:"爸爸,你想卖掉这只熊的皮毛,而我选了他做我

在鲸鱼非常非常小的时候——莫拉维亚的动物故事集

的丈夫。爸爸，我爱上他了，如果你把他做成一件皮大衣，我一定会心痛而死的。"

贝尔多气得发抖。倒不是损失一块毛皮，而是他早已认定他的女儿将会成为城里某位最富有的绅士的妻子，而现在却要眼睁睁看着她跟着个披着毛皮的野兽逃到森林深处。

他愤怒极了，把贝拉锁进了一个铁笼子。平日里，那些活的野兽在变成毛皮前，就会被关在这个铁笼子里。至于小熊，他没有勇气杀了他：他知道如果这么做，贝拉会痛苦得要死。于是他把小熊卖给了一群住在城郊棚屋里的吉卜赛人。小熊每晚在那里翻着跟头、做滑稽的表演，很快便成为节目表中最吸引观众的表演之一。

与此同时，贝拉的日子却很不好过。她的父亲虽然没有让她饿过一顿，但也仅限如此。除此之外，他把她当成动物一般对待，并且毫不怜惜地跟她说："对我来说，女儿爱上了禽兽，她就跟禽兽没有区别。如果你知道悔改的话，我就放你出来。否则，你就准备好这辈子都在笼子里度过吧！"

被关在笼子里的贝拉变得像一块破布——脏兮兮的，衣衫褴褛，头发乱成一团，脸上满是冲过尘土的泪痕，没人能认出她就是昔日那个美丽的女孩。父亲的态度也更恶劣了，他把食物扔给贝拉，就像扔给野兽一样。而她，竟也像一头野兽，扑向那些面包皮和烂鱼，手脚并用把它们狼吞虎咽地

女孩与野兽

吃掉。但是对那份爱,她依然坚毅:"我要小熊,要是你不把他给我,我宁愿这辈子都在笼子里受折磨。"

就这样,某一天早上,贝拉发现了一些异样:她全身长出了棕色的浓密的毛发!跟那些被他父亲变成皮草的野兽们一模一样。

一天过去了,一个星期过去了,如今贝拉的毛又厚又密。同时,贝拉的脸型也变了样,变成了一张真正的熊脸。她的胳膊和腿变得粗壮,脚掌生出有力的熊爪。哦,在爱的力量下,贝拉变成了一只熊。

父亲的恼恨可想而知!他吼叫道:"我的女儿曾经如太阳般美丽,现在跟我在一起的却是这样一只野兽!还有哪个父亲比我更不幸?"

就在这时,敲门声响起了。父亲去打开门,惊得合不拢嘴——他面前站着一个非常帅气的年轻人,他对他说:"我是小熊,我来是想请您将贝拉的手递给我。"你们明白了吗?小熊和贝拉一样因为爱而改变了,只是贝拉想变得和小熊一样,而小熊想变得和贝拉相似。这下真的让人无可奈何:爱让小熊彻彻底底地变成了一个人,让贝拉变成了一头熊。在父亲的同意下,小熊拉起贝拉的锁链,把她带走了。

再没有更多关于他们的消息。有传言说,在一次乡村集市上他们一起出现过:小熊是驯兽师,贝拉是被驯服的野兽。

贝拉跳着小步舞，跳进火圈，还翻了跟头等等。演出结束后，他们便退场并在一辆宽敞的房车中相拥而眠。他们还说小熊非常深情，贝拉对他很不好，这让小熊明白，他更应该做一只真正的熊，而不是一只为了爱情而变成男人的熊。

还有传言说，贝拉和小熊在穿过森林寻找蜂蜜时，遇到了父亲手下的猎人。小熊设法逃脱了，而贝拉却被猎人杀死了。几天后，贝拉的毛皮变成了奢华的皮草，展示在她父亲的橱窗里，而且在鞣制和缝线时，父亲并没有认出他的女儿。

但所有的这些传闻到头来都是谣言。而可以肯定的是，爱可以让人做任何事情，也能让诸事反转。

女孩与野兽